U0100168

陶淵明詩選

陶淵明 著

徐巍 選注　招祥麒 導讀

責任編輯　　張軒誦
版式設計　　任媛媛
封面設計　　道　轍

書　　名　　陶淵明詩選
著　　者　　陶淵明
選　　注　　徐　巍
導　　讀　　招祥麒
出　　版　　三聯書店（香港）有限公司
　　　　　　香港北角英皇道 499 號北角工業大廈 20 樓
　　　　　　Joint Publishing (H.K.) Co., Ltd.
　　　　　　20/F., North Point Industrial Building,
　　　　　　499 King's Road, North Point, Hong Kong
香港發行　　香港聯合書刊物流有限公司
　　　　　　香港新界荃灣德士古道 220-248 號 16 樓
印　　刷　　美雅印刷製本有限公司
　　　　　　香港九龍觀塘榮業街 6 號 4 樓 A 室
版　　次　　1998 年 6 月香港第一版第一次印刷
　　　　　　2021 年 3 月香港第二版第一次印刷
規　　格　　特 32 開（105 mm × 165 mm）216 面
國際書號　　ISBN 978-962-04-4772-3
　　　　　　© 1998, 2021 Joint Publishing (H.K.) Co., Ltd.
　　　　　　Published & Printed in Hong Kong

本書原為我公司出版的《中國歷代詩人選集》叢書（劉逸生主編）之一。

再版說明

　　"三聯文庫"自一九九八年出版，遴選中外文學代表作，包羅古今文類。文庫前後收錄小說、詩詞、散文、戲劇、翻譯作品等八十二種，為讀者提供豐盛的文學滋養，有利於讀者輕鬆閱讀、欣賞經典。

　　文庫初版時值本店成立五十週年，如今本店已逾從心之年，故將重版本文庫以作紀念。為滿足大眾讀者需求，是次再版仍維持優惠的定價，設計則凸顯書本手感與閱讀內文的舒適度，更特邀資深中文科老師、作家撰寫導讀，引導讀者品賞名作。

　　為保全作品原貌，編輯不對原書內文作明顯改動，只修訂部分文字、標點、注釋資料等錯處，以示尊重。雖經細緻校正，惟編輯水平所限，錯漏難免，懇請讀者指正。

三聯書店（香港）有限公司

出版部

二〇二〇年一月

目錄

賦辭

導讀

招祥麒

作為喜歡讀詩和寫詩的人,當讀到歐陽修(1007-1072)在《梅聖俞詩集序》的說話,自然有一種沉重的感覺。歐陽修這樣說:"予聞世謂詩人少達而多窮,夫豈然哉?蓋世所傳詩者,多出於古窮人之辭也。凡士之蘊其所有,而不得施於世者,多喜自放於山巔水涯之外,見蟲魚草木風雲鳥獸之狀類,往往探其奇怪,內有憂思感憤之鬱積,其興於怨刺,以道羈臣寡婦之所歎,而寫人情之難言。蓋愈窮則愈工。然則非詩之能窮人,殆窮者而後工也。"他不獨寫出了梅堯臣(1002-1060)的遭遇,也道盡了千百年來詩人"窮而後工"的景況。

如果說,讀古人三數首詩,便能使你大概了解他的詩的特色和風格,如屈原(前約343-前約278)的怨憤孤忠、曹植(192-232)的雅麗剛健、李白(701-762)的飄逸灑脫、杜甫(712-770)的沉鬱頓挫、蘇軾(1037-1101)的超曠豪邁、陸游(1125-1210)的雄渾悲壯等等,這些大詩人,你會毫不猶豫地欣賞他、敬佩他,甚至於效法他。而筆者向讀者介紹的陶淵明

（365-427），讀他的詩，你不單只有以上的感覺，兼且你會想像他、親近他而沒有一種高高在上、可望而不可即的感覺。

陶淵明的曾祖父陶侃（259-334）是東晉的開國元勳，獲封長沙郡公，卒後追贈大司馬，祖父陶茂（生卒年不詳）任武昌太守，父親陶逸（302-372）任安成太守，母親孟氏（生卒年不詳）是名士孟嘉（生卒年不詳）的女兒。陶淵明八歲時父親去世，家道中落，陶氏既非世族，他縱有建功立業之想，在仕進的路上，卻是孤立無援。

陶淵明自弱齡二十歲始（一說從二十九歲始），至四十一歲止，前後仕宦多次（《宋書‧陶潛傳》記錄陶淵明仕宦四次，經學者考證，有認為是五次或六次），均不長久，或一年多，或少於一年，最後當彭澤令，八十餘日而自免去職，隱居田園，耕種自給，生活淒苦，與一般農民無異。

今存陶淵明的詩一百二十餘首，其中四言詩九首，五言詩一百一十六首。本詩選撷其精華，收錄八十首，對愛好者來說，已大有助益。要怎樣讀陶詩？以下分三點說明：

一、要體悟孤士的特立獨行和道德責任感

陶淵明決意歸隱前，本有“大濟蒼生”之志，舉如：

憶我少壯時，無樂自欣豫。猛志逸四海，騫翮思遠翥。（《雜詩》之四）

精衛銜微木，將以填滄海。刑天舞干戚，猛志固常在。（《讀山海經》之十）

惜哉劍術疎，奇功遂不成。其人雖已沒，千載有餘情。（《詠荊軻》）

然而，當時運不齊，有志難伸，詩人更表現出特立獨行的清峻之節與道德責任感：

天地長不沒，山川無改時。草木得常理，霜露榮悴之。謂人最靈智，獨復不如茲。（《形贈影》）

縱浪大化中，不喜亦不懼。應盡便須盡，無復獨多慮。（《神釋》）

芳菊開林耀，青松冠巖列。懷此貞秀姿，卓為霜下傑。（《和郭主簿》之二）

寒竹被荒蹊，地為罕人遠。是以植杖翁，悠然不復返。（《癸卯歲始春懷古田舍》之一）

平疇交遠風，良苗亦懷新。雖未量歲功，即事多所欣。(《癸卯歲始春懷古田舍》之二)

形迹憑化往，靈府長獨閒。貞剛自有質，玉石乃非堅。(《戊申歲六月中遇火》)

屬響思清遠，去來何依依。因值孤生松，斂翮遙來歸。勁風無榮木，此蔭獨不衰。託身已得所，千載不相違。(《飲酒》之四)

結廬在人境，而無車馬喧。問君何能爾？心遠地自偏。(《飲酒》之五)

日入群動息，歸鳥趨林鳴。嘯傲東軒下，聊復得此生。(《飲酒》之七)

青松在東園，眾草沒其姿。凝霜殄異類，卓然見高枝。(《飲酒》之八)

陶淵明欲"得志與民由之"(《孟子·滕文公下》)，卻"不得志獨行其道"(引同上)，心裏不平固然，但沒有怨天尤人之態，仍然隱藏著一顆不能自已的仁者安仁之心。朱熹(1130-1200)評："余看他自豪放，但豪放得來不覺耳。"(《朱子語類》)龔自珍(1792-1841)說："陶潛酷似臥龍豪，千古潯陽松菊高。莫信詩人竟平澹，二分《梁甫》一分《騷》。"(《己亥雜詩》之一百三十)都是知者一語中的之言。

鍾嶸(?-518)《詩品》論陶淵明詩："豈直為田家語耶？古今隱逸詩人之宗也。"陶淵明之隱之逸，乃政治環境使然，假如不是亂世，不是改朝換代，他又怎會忍隱於廬山腳下當一農民？

二、要欣賞陶詩率意任真的平淡自然

蘇軾說淵明"欲仕則仕，不以求之為嫌；欲隱則隱，不以去之為高。"（《書李簡夫詩集後》）顧亭林（1613-1682）說："淡然若忘於世，而感憤之懷，有時不能自止而微見其情者，真也。"（《日知錄卷十九‧文詞欺人》）詩人自謂"質性自然，非矯厲所得"（《歸去來兮辭‧序》），其人如是，其詩亦如是，這在詩集中處處可見。舉如《歸園田居》之一：

少無適俗韻，性本愛邱山。誤落塵網中，一去三十年。羈鳥戀舊林，池魚思故淵。開荒南野際，守拙歸園田。方宅十餘畝，草屋八九間。榆柳蔭後簷，桃李羅堂前。曖曖遠人村，依依墟里煙。狗吠深巷中，雞鳴桑樹顛。戶庭無塵雜，虛室有餘閒。久在樊籠裏，復得返自然。

又如《飲酒》之五：

結廬在人境，而無車馬喧。問君何能爾？心遠地自偏。采菊東籬下，悠然見南山。山氣日夕佳，飛鳥相與還。此中有真意，欲辨已忘言。

　　詩人將田園生活的真、善、美以白描寫實的手法敘寫出來。鍾嶸稱之"文體省淨，殆無長語。篤意真古，辭興婉愜"（《詩品》）是也。本詩選徐巍先生的《前言》論述已多，有此不贅了。

三、要欣賞陶詩"散文化"的哲理表現手法

　　陶詩最大的吸引力，是詩中透發極多的人生哲理。陶淵明抒寫這此哲理時，或託物寓意，而更多的，是通過議論的方式表達。他將寫散文的手法引入詩中，以議論為詩，是前無古人的。《詩經》、《楚辭》、《古詩十九首》以至三祖陳王、建安七子，縱有某些句子如此，但論有意識地為之而自成風格的，實自陶淵明始。唐代杜甫、韓愈（768-824）均受此影響，及至宋代，詩歌散文化遂成常法。

　　陶詩常見的結構有"夾敘夾議"的，如《連雨獨飲》、《癸卯歲始春懷古田舍》之二、《戊申歲六月中遇火》、《庚戌歲九月中於西田穫早稻》、《擬古》之四、《雜詩》之二、《詠二疏》等是。

　　此外，又有先議論，繼寫景（或抒情），再議論作結的，如《飲酒》之五，全詩十句，前四句及後兩句議論，中四句寫景。又有"先敘後議"和"先寫景

後議論”的，如《乞食》、《移居》之二、《和郭主簿》之二、《己酉歲九月九日》、《擬古》之七等。詩歌離不開“事”、“景”、“情”、“理”四元素，或因事抒情，或先景後情，或即景成理，或因情生理等，變化多端。然而，詩如沒有理境、理趣的，終非第一流作品。而陶詩的“理”，正正值得讀者品味和體悟。

茲略舉陶詩中的哲理：

詩句	哲理內涵	出處
中觴縱遙情，忘彼千載憂。且極今朝樂，明日非所求。	及時行樂	《遊斜川》
感子漂母惠，愧我非韓才。銜戢知何謝，冥報以相貽。	感恩圖報	《乞食》
運生會歸盡，終古謂之然……形骸久已化，心在復何言。	知命任真	《連雨獨飲》
此理將不勝，無為忽去茲。衣食當須紀，力耕不吾欺。	順適生活	《移居》之二
芳菊開林耀，青松冠巖列。懷此貞秀姿，卓為霜下傑。	秉持高格	《和郭主簿》之二
平疇交遠風，良苗亦懷新。雖未量歲功，即事多所欣。	樂觀自然	《癸卯歲始春懷古田舍》之二
形跡憑化往，靈府長獨閒。貞剛自有質，玉石乃非堅。	堅守本性	《戊申歲六月中遇火》

詩句	哲理內涵	出處
萬化相尋異，人生豈不勞。從古皆有沒，念之中心焦。何以稱我情，濁酒且自陶。千載非所知，聊以永今朝。	參透人生	《己酉歲九月九日》
人生歸有道，衣食固其端。孰是都不營，而以求自安？	活在現實	《庚戌歲九月中於西田穫早稻》
結廬在人境，而無車馬喧。問君何能爾？心遠地自偏。	離塵心境	《飲酒》之五
一旦百歲後，相與還北邙。松柏為人伐，高墳互低昂。頹基無遺主，遊魂在何方！榮華誠足貴，亦復可憐傷。	生死富貴	《擬古》之四
皎皎雲間月，灼灼葉中華。豈無一時好，不久當如何？	好景不常	《擬古》之七
日月擲人去，有志不獲騁。念此懷悲悽，終曉不能靜。	時光流逝	《雜詩》之二
放意樂餘年，遑恤身後慮。誰云其人亡，久而道彌著。	放意目前	《詠二疏》

以上三點，可簡單歸納為兩句話："從陶詩中欣賞其人，從陶詩中欣賞其質。"蘇軾讚美陶詩"質而實綺，癯而實腴"(《與蘇轍書》)，就是"外枯而中

膏，似淡而實美"（《評陶韓柳詩》）的另一種說法。
我們讀陶詩，初看到他的質樸枯淡，但讀得愈久，便
覺詩中的內涵豐實飽滿，嚼之不盡，味之彌香。洪亮
吉（1746-1809）《北江詩話》謂陶詩有"化工氣象"，
讀者請靜心體會！

　　需要一提的是，自《詩經》以後，四言詩的發展
漸見停滯，固然由於詩三百的成就特高，很難有突破
的空間，而四言句式的變化較少，輸與五言及七言，
所以"每苦文繁而意少，故世罕習焉"（鍾嶸《詩品·
序》）。今存曹操（155-220）的五首和陶淵明的九首
四言詩，算是異軍突起，以後便後繼無人了。本集選
錄《時運》和《命子》二詩，也只節錄部分內容，讀
者如有興趣，可追尋研讀，便覺筆者所言不虛。

　　另外，部分陶詩並有《序》和《記》的，如《形
影神》（并序）、《九日閒居》（并序）、《遊斜川》（并
序）、《飲酒》（并序）、《有會而作》（并序）、《桃花
源詩》（并記）和《歸去來兮辭》（并序），這些《序》
和《記》都是文學上的精品，不容錯過。

　　最後，讀陶詩要用"聲音證入"，通過朗讀、朗
誦、吟哦的方式以探求詩中的體勢和神味，讀得一首
便得益一首，這不單能提高語文素養，甚且可改善
氣質！

前言

　　陶淵明是我國四、五世紀之間的著名詩人。魯迅稱他和李白"在中國文學史上，都是頭等人物。"陶淵明，一名潛，字元亮，潯陽柴桑（今江西九江）人。生於晉哀帝興寧三年（365），卒於南朝宋文帝元嘉四年（427）。卒後友朋私諡"靖節"。他出身於破落官僚地主家庭，是一個貴族世家的後裔。曾祖父陶侃是東晉王朝的開國元勳，官至大司馬，封長沙郡公，是當時新起的貴族。陶侃的子孫歷仕三世。到了陶淵明這一代，家庭破落了。他八歲死了父親，"弱年逢家乏"，"少而貧苦"。從二十九歲開始，斷斷續續做過江州祭酒、鎮軍參軍、建威參軍這類小官，但每次的時間都很短。三十九歲開始，不得不親自參加農事勞動來維持衣食。但是，"耕植不足以自給"，又不得不出仕。最後一次出仕，是四十一歲那年，做了八十五天的彭澤令。由於他不滿現實的黑暗，厭惡官場的污濁和愛好自由的生活，當郡裏一位督郵來彭澤縣時，要他束帶迎接，以示敬意，他便說："我不能為五斗米折腰向鄉里小人！"即解綬棄職，賦《歸去來兮辭》，歸隱家鄉。此後，一直隱居鄉間，過了二十三年的田園隱逸生活。他的家境本來比較貧困，歸隱以後，又不斷遭受天災人禍，因而，生活日趨艱窘，"短褐穿結，簞瓢屢空。"（《五柳先生傳》）甚至有時為飢餓驅使去叩門"乞食"。憂憤、飢寒、勞累一起折磨著垂老的詩人，使他遂抱羸疾，最後在貧病交迫中死去。享年六十三歲。

陶淵明少時是頗有豪氣的。"少時壯且厲"，"猛志逸四海"，希望通過出仕為宦的途徑，幹一番事業，實現"大濟蒼生"的宏願。但是，他所處的時代，是社會生活動亂不安、政治極端黑暗的時代。門閥地主的殘酷剝削和壓迫，迫使廣大農民連續不斷揭竿起義，進行反抗。東晉王朝統治者內部，互相爭權奪利，連年火拼，不斷進行傾軋和殘殺。起初是司馬道子及其兒子元顯專權，後來桓玄篡位，最後是劉裕起兵滅了桓玄，代晉自立。頻繁的戰爭騷亂，帶給廣大人民群眾深重的苦難。詩人面對這種黑暗的政治、險惡的政局、污濁的官場和殘酷的現實，既無力去撥亂反正，又不肯同流合污，因而只好"逃祿歸耕"，走上了"擊壤以自歡"的道路，把隱居田園作為寄託生命的天地。從志在四海，到逃避現實、退隱歸田，這就是陶淵明一生的生活道路。這條道路，就本質來說，是一條消極反抗的道路。

陶淵明少年時接受的是傳統的儒家教育，“少年罕人事，游好在六經”（《飲酒》之十六），並且用六經來規範自己的生活。這個影響，一直持續到壯年。後來，特別是退隱歸耕以後，當時流行的老莊思想則成了他的主導思想。“人生似幻化，終當歸空無”（《歸園田居》之四），“聊乘化以歸盡，樂夫天命復奚疑”（《歸去來兮辭》），都是老莊思想的典型表現。當然，他的思想並不局限於儒、道兩家的範疇。在生活中，他堅持著“固貧守道”、“獨善其身”的原則，但他卻反對不勞而獲的思想，“人生歸有道，衣食固其端。孰是都不營，而以求自安？”（《庚戌歲九月中於西田穫早稻》）沒有儒家那種鄙視勞動的偏見。他有“乘化委運”、“樂天安命”的道家思想，卻不取道家的放縱行為。這些複雜的思想，都體現在他的詩歌創作中。

陶淵明的詩作，以描寫田園風光和隱逸生活著稱。因此，歷史稱他為“田園詩人”或“隱逸詩人”，並非是沒有道理的。在現存的一百二十多首陶詩中，描寫農村景色和農居生活的作品佔了很大的分量。而且，由於他親身參加了勞動，接近了農民，對農村生活體驗較深，所以這類作品顯得內容真實，感情深厚，形象明朗，表現了樸素的自然美和詩人不願與黑暗現實同流合污的高尚情操，最為人們所傳誦。「方宅十餘畝，草屋八九間。榆柳蔭後簷，桃李羅堂前。曖曖遠人村，依依墟里煙。狗吠深巷中，雞鳴桑樹顛。」（《歸園田居》之一）這是詩人對和平田園的吟詠。在這幅充滿詩情畫意的村居圖中，蘊含著樸素的自然美。「采菊東籬下，悠然見南山。」（《飲酒》之五）這是詩人置身在大自然懷抱裏悠然自得的寫照，對陶然自樂的隱居生活的歌唱。這種愉快的自傲，一方面是「性本愛邱山」，但更主要是「久在樊籠裏，復得反自然」（《歸園田居》之一）的表現，是在反對官場黑暗的基點上抒發出來的感情。在這類描寫村居生活的作品中，還有一部分是敘述勞動體會和艱苦生活的。「晨興理荒穢，帶月荷鋤歸。道狹草木長，夕露霑我衣」（《歸園田居》之三），「盥濯息簷下，斗酒散襟顏」（《庚戌歲九月中於西田穫早稻》），寫出了早出晚歸、沾霜帶露勞動的辛苦，勞動後的愉快和對勞動生活的讚美。「相見無雜言，但道桑麻長。」（《歸園田居》之二）這是參加生產勞動的真實體會。陶淵明歸隱之後，生活益趨艱苦。「夏日抱長飢，寒夜無被眠。造夕思雞鳴，及晨願烏遷。」（《怨詩楚調示龐主簿鄧治中》）這是詩人在飢餓生活中發出的慘痛呼聲。詩人這種飢餓生活的描寫，在一定程度上也反映了當時勞動人民的痛苦生活。

　　陶淵明雖然“是個非常和平的田園詩人”，但是，“他對於世事也並沒有遺忘和冷淡”。“即使是從前的人，那詩文完全超於政治的所謂‘田園詩人’、‘山水詩人’，是沒有的……詩人也是人事，既有詩，就可以知道於世事未能忘情。由此可知陶潛總不能超於塵世，而且，於朝政還是留心，也不能忘掉‘死’，這是他詩文中時時提起的。”（魯迅《魏晉風度及文章與藥及酒之關係》）陶詩中有不少篇章，是直接或間接地反映了當時的政治現實的。東晉統治者的橫徵暴斂，巧取豪奪，使廣大人民生活極為痛苦。《晉書·劉波傳》記載：“百姓塗炭，未蒙拯接。……今政煩役殷，所在凋弊。倉廩空虛，國用傾竭。下民侵削，流亡相屬。略計戶口，但咸和以來，十喪其三。”在深重災難中掙扎的廣大人民，幻想過和平生活。詩人的《桃花源詩》，就是針對當時政治現實，借秦喻晉的。它通過桃花源的新奇構思，生動地描繪了一幅沒有君主、沒有壓迫、人人勞動、人人平等、自由自在、淳樸安樂的社會生活圖景，為人民提供了一個“秋熟靡王稅”的理想之國，表達了詩人對淳樸的理想社會的嚮往，反映了當時廣大人民追求美好生活的願望，表示了對當時的社會的不滿和否定。陶淵明的一生中，曾經先後兩次遇到篡奪的大事變。他耳聞目睹這些流血政變，感觸是很強烈的。他寫下了一些"刺世詩"，反映了當時的政治鬥爭。《述酒》之類詩作，就是以極大的義憤，詛咒抨擊劉裕的篡弒行為，哀悼東晉王朝的覆滅。《擬古》之九，借誤種桑樹在長江邊，適遇山河改易，遭受摧折的事實，比喻當時恭帝為劉裕所立，終受其禍。有些"刺世詩"，則借詠史為題，刻劃了勇於戰鬥、敢於鬥爭的英雄形象。"精衛銜微木，將以填滄海。刑天舞干戚，猛志固常在。"（《讀山海經》之十）是通過對百折不回的精衛和至死不屈的刑天的歌頌，表明了詩人對殘暴者充滿抗爭之心。這些充滿戰鬥精神的作品，正是詩人對當時政治生活在態度上的鮮明表白。"吟到恩仇心事湧，江湖俠骨恐無多。"（清龔自珍《己亥雜詩》之一百二十九）龔自珍對陶淵明無限讚歎，這並不是偶然的。

平淡自然，樸素清新，這是陶詩在藝術上一個重要的特色。詩人參加了勞動實踐，使詩歌有了新鮮真實的內容。同時，樸素自然的田園風光和村居生活，也啟發和培養了詩人的新穎風格。當然，這種平淡、樸素，並非沒有藝術的提煉。其實，這種提煉是很見工力的，只不過不是在表面上的雕琢，而是在長期的生活感受中提煉。如“平疇交遠風，良苗亦懷新”（《癸卯歲始春懷古田舍》之二）、“日暮天無雲，春風扇微和”（《擬古》之七）都是自然平淡而蘊藉深厚的千古名句。平淡自然是陶詩的一個重要特色，但陶詩並不僅限於此。“莫信詩人竟平澹，二分《梁甫》一分《騷》。”（清龔自珍《己亥雜詩》之一百三十）龔自珍的評價，是有見地的。陶詩有其靜穆的一面，但又有“金剛怒目”的一面。如《詠荊軻》這類作品，慷慨悲憤，豪放激昂，別具一格。魯迅指出：“這‘猛志固常在’和‘悠然見南山’的是一個人，倘有取捨，即非全人……”（《且介亭雜文二集·〈題未定〉草（六）》）還說：陶潛之所以成為文學史上“偉大的作者”，正因為他“並非渾身是‘靜穆’。”（《且介亭雜文二集·〈題未定〉草（七）》）

在整個晉朝的一百多年中，駢儷文學風靡文壇，玄言詩的逆流長期泛濫。而陶詩能在這樣一個形式主義佔統治地位的時代裏，卓爾不群，獨樹一幟，自為一格，在當時固然是難能可貴，有其特別的意義，同時，對後代的影響更為深遠。就唐代來說，清沈德潛在《說詩晬語》中指出：“王右丞（維）有其清腴，孟山人（浩然）有其閒遠，儲太祝（光羲）有其樸實，韋左司（應物）有其沖和，柳儀曹

（宗元）有其峻潔；皆學焉而得其性之所近。”李白詩中那種蔑視權貴的精神，正是陶淵明那種不與權貴同流合污精神的發展。白居易發展了陶詩寫作上的特點，在寫作上作風樸素，講究白描。宋朝的蘇軾、陸游、辛棄疾等，也都接受了陶詩的影響。

這本《陶淵明詩選》，是從陶淵明各個時期的作品中，選取具有代表性的詩作八十篇，彙編成冊。《歸去來兮辭》雖屬辭賦，但因其為名作，所以也一併選入。每篇加以題解、串解、注釋等，希望做到通俗易懂，對讀者閱讀陶詩有所幫助。

陶詩的版本歷來很多，作品的繫年也有不少爭論。本書仍據清陶澍集注《靖節先生集》選注。

本書的選注，蒙中山大學邱世友老師作細緻的審校，在此表示衷心的感謝！

由於水平所限，不妥和錯謬之處，在所難免，懇切希望讀者指正。

徐巍

一九七九年七月於西樵山

陶淵明傳

蕭統[1]

陶淵明，字元亮；或云潛字淵明[2]。潯陽柴桑人也[3]。曾祖侃，晉大司馬[4]。淵明少有高趣，博學，善屬文；穎脫不群[5]，任真自得。嘗著《五柳先生傳》以自況。時人謂之實錄。親老家貧，起為州祭酒[6]；不堪吏職，少日自解歸[7]。州召主簿[8]，不就。躬耕自資，遂抱羸疾[9]。江州刺史檀道濟往候之[10]，偃臥瘠餒有日矣[11]。道濟謂曰：“賢者處世，天下無道則隱，有道則至。今子生文明之世，奈何自苦如此？”對曰：“潛也何敢望賢，志不及也。”道濟饋以粱肉[12]，麾而去之[13]。

後為鎮軍、建威參軍[14]，謂親朋曰：“聊欲絃歌，以為三徑之資可乎[15]？”執事者聞之，以為彭澤令[16]。不以家累自隨，送一力給其子[17]，書曰：“汝旦夕之費，自給為難。今遣此力，助汝薪水之勞[18]。此亦人子也，可喜遇之¹⁹。」公田悉令史種秫²⁰，曰：「吾常得醉於酒足矣。」妻子固請種秔²¹，乃使二頃五十畝種秫，五十畝種秔²²。歲終，會郡遣督郵至²³，縣吏請曰：「應束帶見之²⁴。」淵明歎曰：「我豈能為五斗米，折腰向鄉里小兒！」即日解綬去職²⁵，賦《歸去來》²⁶。徵著作郎，不就²⁷。

江州刺史王弘欲識之，不能致也²⁸。淵明嘗往廬山，弘命淵明故人龐通之齎酒具，於半道栗里之間邀之²⁹。淵明有腳疾，使一門生、二兒舁籃輿³⁰；既至，欣然便共飲酌。俄頃³¹弘至，亦無迕也³²。先是顏延之為劉柳後軍功曹³³，在潯陽與淵明情款³⁴，後為始安郡³⁵，經過潯陽，日造淵明飲焉³⁶。每往必酣飲致醉。弘欲邀延之坐，彌日不得³⁷。延之臨去，留二萬錢與淵明，淵明悉遣送酒家，稍就取酒。嘗九月九日出宅邊菊叢中坐，久之，滿手把菊，忽值弘送酒至，即便就酌，醉而歸。淵明不解音律，而蓄無絃琴一張³⁸，每酒適，輒撫弄以寄其意。貴賤造之者，有酒輒設³⁹。淵明若先醉，便語客：「我醉欲眠，卿可去。”其真率如此。郡將嘗候之，值其釀熟，取頭上葛巾漉酒，漉畢，還復著之 [40]。

時周續之入廬山，事釋慧遠 [41]；彭城劉遺民亦遁迹匡山 [42]，淵明又不應徵命，謂之“潯陽三隱” [43]。後刺史檀韶苦請續之出州 [44]，與學士祖企、謝景夷三人共在城北講《禮》，加以讎校 [45]。所住公廨，近於馬隊 [46]。是故淵明示其詩云：“周生述孔業，祖謝響然臻。馬隊非講肆，校書亦已勤 [47]。”其妻翟氏亦能安勤苦，與其同志。自以曾祖晉世宰輔 [48]，恥復屈身後代 [49]，自宋高祖 [50] 王業漸隆，不復肯仕。元嘉四年，將復徵命，會卒，時年六十三。世號“靖節先生” [51]。

注釋

1　**蕭統**：南朝梁文學家。字德施，南蘭陵（今江蘇常州西北）人。梁武帝長子。武帝天監元年（502），立為太子，未及即位而卒，年三十一歲（501-531），諡昭明，世稱昭明太子。生前致力文章著述，所著有文集二十卷；又選輯《文選》三十卷，對後代文學頗有影響。所作《陶淵明傳》文，為歷代評論及記傳者所本。

2　"陶淵明"三句：據《祭程氏妹文》等，可知在晉時
　　本名淵明，字元亮。入南朝宋後才更名潛，而以淵明
　　為字。

3　潯陽：潯陽，郡名，屬江州；下有潯陽、柴桑二縣。潯
　　陽柴桑，為今江西九江。

4　"曾祖"二句：陶淵明的曾祖父陶侃，是東晉王朝的開
　　國元勳，官至大司馬，封長沙郡公，是當時新起的元勳
　　貴族。

5　穎脫不群：喻才華與眾不同。穎脫，錐鋩脫出囊外，比
　　喻才華外顯。穎，錐鋩。

6　"起為"句：任江州祭酒。起：出仕任職。州：指江州
　　（今江西九江一帶）。祭酒：官名。

7　自解歸：自己辭職歸家。

8　主簿：官名。

9　"躬耕"二句：親自參加耕種來維持生活的所需，由於生
　　活貧困，以致餓得又瘦又病。羸：瘦。

10　候：伺望。

11　"偃臥"句：因飢餓而僵臥多日了。偃：僵。瘠：瘦。
　　餒：飢餓。

12　梁肉：米飯肉食，指好的食品。梁，高粱，泛指飯食。

13　麾而去之：（陶淵明）揮手不要那些梁肉。麾，同
　　"揮"，揮手。

14　"後為"句：晉元興三年（404），陶淵明曾為鎮軍將軍
　　劉裕參軍。晉義熙元年（405）為建威將軍劉敬宣參軍。

15 **"聊欲"二句**：意謂"我願暫時去彈奏那絃歌，為將來隱居作準備，好嗎？"表示不願作參軍這類軍職，而可暫時為令守一類官職，為以後隱居的需要作準備。**聊**：姑且，暫時。**絃歌**：有琴瑟相和的樂歌，喻治世的禮樂，語本《論語·陽貨》。**三徑**：指隱居的處所。參見《歸去來兮辭》注25（頁188）。**資**：需要。

16 **彭澤令**：義熙元年（405）八月，為彭澤令。十一月，棄職返里。**彭澤**：縣名，在今江西湖口縣東。

17 **送一力**：送一服役的人。力，力役，指服役的人。

18 **"助汝"句**：幫助你作採薪汲水等勞動。**薪水**：採薪汲水等事。

19 **"可善"句**：可要很好地待他。

20 **公田**：供俸祿的田。**秫**（shú 述）：糯粟，有粘性，可製酒。

21 **秔**（jīng 庚）：同"粳"，晚熟的稻，較少粘性。

22 **粳**：同"秔"。

23 **會**：適遇。**督郵**：官名。各郡的重要屬吏，代表太守督察縣鄉，宣達教令，兼司獄訟捕亡等事。

24 **束帶見之**：整飾禮服去見他。

25 **解綬去職**：解官辭職。解綬，解印，解官。綬，繫印的組帶。

26 **賦《歸去來》**：作《歸去來兮辭》。參見《歸去來兮辭》題解（頁182）。

27 **著作郎**：官名。**不就**：不肯就位。

28 **不能致也**：不能得之。

29　齎（jī 擠）酒具：攜帶酒具。

30　舁（yú 如）籃輿：抬著竹轎。舁，共同抬東西。籃輿，
　　竹轎。

31　俄頃：不久。

32　無迕：沒有逆意。

33　"先是"句：顏延之先前為劉柳後軍功曹。顏延之：
　　（384-456）字延年，當時著名文人，與謝靈運齊名。陶
　　淵明逝世後，顏延之曾作《陶徵士誄》。劉柳：當時為
　　江州刺史。後軍功曹：官名。

34　情款：交誼誠摯。

35　後為始安郡：指顏延之後來為始安太守。

36　造：到，至。

37　彌日：整天，終日。

38　無絃琴：沒有絃的琴。

39　有酒輒（ché 接）設：往往設酒共飲。輒，每每，往往。

40　還復著之：仍然再把葛巾戴在頭上。

41　周續之：字道祖，東晉末年佛教徒，退隱廬山。釋慧
　　遠：東晉末年高僧，廬山東林寺主。詳《形影神》題解。

42　彭城劉遺民：即劉程之，字仲思，彭城人。東晉末年佛
　　教徒。遁迹匡山：隱居廬山。匡山，即廬山。

43　潯陽三隱：世稱陶淵明、劉遺民、周續之為"潯陽
　　三隱"。

44　刺史檀韶：檀道濟之兄，義熙十二年（416）始為江州
　　刺史。

45　讎校：校書。

46　**公廨**：公舍，官吏從事公務之處。**馬隊**：馬舍。

47　**周生**：指周續之。**述孔業**：傳授孔子的教義。**祖謝**：祖
　　企、謝景夷。**響然臻**：音響應聲而至，意謂祖、謝二人
　　響應周續之的號召。**講肆**：講席。

48　**“曾祖”句**：意謂陶淵明的曾祖父陶侃，是東晉王朝的
　　宰相。**宰輔**：宰相。

49　**後代**：指劉宋。

50　**宋高祖**：即宋武帝劉裕，南朝宋的建立者。

51　**“世號”句**：死後世人為他立號“靖節先生”。諡號“靖
　　節”，是表示陶淵明有“樂令終”和“好廉克己”的
　　品德。

詩四言

時運（四首選一）

　　《時運》共四首，是詩人四十歲時作品。前二首寫暮春景色，詠獨遊的欣喜，後二首傷今思古，感慨身世。這裏選注的是其中的第一首，寫春遊的欣喜。

> 邁邁時運，穆穆良朝[1]，
> 襲我春服，薄言東郊[2]。
> 山滌餘靄，宇曖微霄[3]，
> 有風自南，翼彼新苗[4]。

注釋

1　**"邁邁"** 二句：四時不停地運行，又轉到了熙和日麗的好時光。

　　邁邁：運行貌。**時運**：四時運行。**穆穆**：熙和。**良朝**：好時光。

2　**"襲我"** 二句：穿上我的春服，到東郊去春遊。

　　襲：穿著。**薄**：迫近，這裏指到。**言**：語助詞，無義。

3　**"山滌"** 二句：遠山被洗滌得剩下一些雲霧，整個天空籠罩著一層薄薄的雲氣。

　　滌：洗。**靄**：霧靄。**宇**：天地的左右上下四方。**曖**：隱蔽。霄：雲氣。

4　"有風"二句：風從南邊吹來，吹拂著地上的新苗。

　　翼：猶披拂。

命子（十首選二）

《命子》詩共十首，這裏選注其中的第一、九兩首。

這是詩人早期的作品，為初得長子儼時所作。內容是追述家傳，借以訓勉其子。

《命子》、《時運》、《榮木》、《勸農》等早期的四言詩作，多數是空洞的說教，抽象的議論，缺乏鮮明生動的形象，在藝術上沒有什麼特色。

一

本首追述遠祖陶唐氏、御龍氏、豕韋，讚頌他們的功德。

> 悠悠我祖，爰自陶唐[1]。
> 邈焉虞賓，歷世重光[2]。
> 御龍勤夏，豕韋翼商[3]。
> 穆穆司徒，厥族以昌[4]。

注釋

1　"悠悠"二句：我的遠祖，始於古帝陶唐。

　　悠悠：渺遠。**爰**：乃。**陶唐**：傳說古帝堯為陶唐氏，是一位有聖德的帝王。兩句意謂自己的始祖，有著光榮的功德。

2　"邈焉"二句：遠從虞賓以來，光榮世代相傳不絕。

　　邈：遠。**虞賓**：相傳帝堯有聖德，能禪讓，不私君位。堯禪位後，他的兒子丹朱為賓於虞，因稱虞賓。**歷世**：世世代代。**重光**：持續不斷的功德、光榮。

3　"御龍"二句：御龍為夏服務，豕韋又輔佐商朝。

　　御龍、豕韋：相傳為陶唐氏的後裔，在夏為御龍氏，在商為豕韋氏。**勤**：服務的意思。**翼**：輔助。

4　"穆穆"二句：從莊肅和美的司徒開始，他的家族便昌盛起來。

　　穆穆：莊肅和美。**司徒**：周公相王室，分封康叔殷民七族，陶氏其一。陶叔為司徒。

二

本詩原列第九。寫詩人對兒子深切期待的感情。

　　厲夜生子，遽而求火[1]。

　　凡百有心，奚特於我[2]！

既見其生，實欲其可[3]。

人亦有言，斯情無假[4]。

注釋

1　**"厲夜"二句**：過去有一個生癲病的人，半夜生下個
　　兒子，急忙取火去照視。（生怕兒子也同自己一樣有
　　癲病。）

　　厲：同"癘"，這裏指生癲病的人。參見《莊子・天地
　　篇》。**遽**（jù巨）：急速。

2　**"凡百"二句**：人人都有這樣的心情，何止惟獨我
　　自己！

　　凡百：人人。

3　**"既見"二句**：既然見到他生了下來，實在是希望他
　　良好。

　　其可：良好。

4　**"人亦"二句**：人人都是這樣説，這種感情沒有虛假。

詩五言

形影神 并序

晉義熙十年（414），晉高僧盧山東林寺釋慧遠，集緇素（僧俗）一百二十三人結白蓮社，講習佛教。據《盧阜雜記》記載：慧遠曾勸陶淵明參加蓮社，陶淵明卻“攢眉而去”。一則因為慧遠結交的都是當時一些大貴族官僚，陶淵明不屑和他們交往；二則是慧遠等與陶淵明在哲學思想上有分歧，慧遠等佛教徒主張的“形盡神不滅”的學說，與陶淵明思想中的道家的樸素唯物因素正好相反。

《形影神》三首詩，主要是針對慧遠的“形盡神不滅”的哲學思想，表示詩人自己不同的哲學見解。詩人認為，神和形的關係是“生而相附”，強調精神依附於形體。人生在世，既無可喜，也沒有可懼，應該一任自然，要死就死，沒有什麼可“多慮”的。

貴賤賢愚，莫不營營以惜生，斯甚惑焉[1]；故極陳形影之苦言，神辨自然以釋之[2]。好事君子，共取其心焉[3]。

注釋

1 **"貴賤"三句**：世間上不論是富貴或貧賤、聰明或愚蠢
的人，都要千方百計地去珍愛自己的生命，這樣其實是
十分糊塗的呀！

營營：營謀。**惜**：珍惜。**斯**：這樣。指惜生。**惑**：
糊塗。

2 **"故極陳"二句**：所以我在這裏極力陳述形和影的苦
楚，用精神說的話來辯釋自然的道理，去解除他們的
疑惑。

陳：陳述。**神**：指精神。**辨**：解釋。**釋**：解除。

3 **"好事"二句**：願那些好事的君子，大家都能領會它的
精要。

心：精要。指一任自然的精神實質。

形贈影

這是形體對影子所說的話。說天地山川，長存不
改，草木的形貌今年雖然悴萎，但明年又可復榮，而
人的形體，卻不能這樣。人生是無常的，應當及時飲
酒行樂。

> 天地長不沒，山川無改時[1]。
> 草木得常理，霜露榮悴之[2]。

謂人最靈智，獨復不如茲[3]。

適見在世中，奄去靡歸期[4]。

奚覺無一人，親識豈相思[5]！

但餘平生物，舉目情悽洏[6]。

我無騰化術，必爾不復疑[7]。

願君取吾言，得酒莫苟辭[8]。

注釋

1 "天地"二句：天地永遠不會泯滅，山川也長存不改。

  沒：湮沒。

2 "草木"二句：草木得遵循自然的規律，秋霜使它萎
  悴，春露又讓它復榮。

  常理：常規，猶自然的法則。**榮**：茂盛。**悴**：枯萎。
  之：指草木。

3 "謂人"二句：人在萬物中是最靈智的，卻不能像天地
  山川那樣長存不改，像草木萎悴而能復榮。

  茲：那樣。指天地山川長存不改，草木悴而復榮。

4 "適見"二句：剛才還活活在世上的人，一忽兒死去便永
  遠不能復生。

  適：剛剛。**奄去**：很快死去。**靡**：無。**歸期**：復生的
  時候。

5 "奚覺"二句：人們怎會感到世上少了個人，而你的親
  友們難道還會思念你？

奚：何。**親**：親戚。**識**：指生前的相識。

6　**"但餘"二句**：只有生前的遺物剩下，使人看著悽然涕淚流。

　　沛（ér 而）：涕淚流貌。

7　**"我無"二句**：我沒有成仙的法術，未來的結果必然是這樣，不必再有懷疑。

　　我：指形體。**騰化術**：成仙之術。**爾**：這樣，如此。指死去。

8　**"願君"二句**：願你聽取我的話，及時行樂，有酒不必隨便推辭。

　　君：指影子。**苟**：隨便。

影答形

這一首是影子回答形體。

影子認為，飲酒雖然可以消憂，但和立善相比較就低劣了。這是影子針對形體說的飲酒行樂，反其意而提出的立善求名的主張。

> 存生不可言，衛生每苦拙 [1]。
> 試願遊崑華，邈然茲道絕 [2]。
> 與子相遇來，未嘗異悲悅 [3]。
> 憩蔭若暫乖，止日終不別 [4]。

此同既難常，黯爾俱時滅[5]。

身沒名亦盡，念之五情熱[6]。

立善有遺愛，胡為不自竭[7]？

酒云能消憂，方此詎不劣[8]！

注釋

1 "存生"二句：修身養形的説法不可信，想方設法去休
    養生命，那是又苦又蠢的做法。
    存生：這裏指保養形體。不可言：沒什麼可説的，猶不
    可信。衛生：保養生命。

2 "誠願"二句：誠心想去崑崙山、華山學仙，可是這條
    道路又渺遠行不通。
    遊崑華：意謂學仙。崑華，崑崙山、華山。邈：渺遠。
    茲道絕：此路不通。

3 "與子"二句：自從我影子和你形體相遇在一起，大家
    同悲共喜沒有什麼差異。
    子：你。指形體。兩句就鏡子來説，影子和形體不可
    分離。

4 "憩蔭"二句：形體如果憩息在蔭下，影子就像同形體
    暫時別離了；如果形體在太陽底下，影子和形體始終不
    會分離。
    乖：分離。止：居。

5 "此同"二句：形體和影子不能永遠同在一起，形體消

滅時影子也就同時不再存在了。

黯爾：慘淡失色貌。

6　"**身沒**"二句：人死後名聲也同時消滅，想起此事會使人五情沸熱。

沒：指死。**五情**：喜、怒、哀、樂、怨。**熱**：沸熱。

7　"**立善**"二句：惟有立善可以留下美名，為什麼不去自作努力呢？

立善：古時稱立德、立功、立言為立善。**遺愛**：美名遺留後世。**自竭**：自作努力。

8　"**酒云**"二句：雖然說飲酒能消憂，但同立善相比較，豈不低劣！

方：比較。**詎**：豈。

神釋

　　形體主張飲酒及時行樂，而影子主張立善求名，各持一說，大家的看法不同。《神釋》則是由精神（靈魂）來作釋明。

　　精神認為飲酒行樂無益，立善求名無謂，否定形和影的主張。提出應當在宇宙中放任自然，順受其正，盡性至命。這樣，便可以全神，死而不亡，與天地永存。

大鈞無私力，萬理自森著[1]。

人為三才中，豈不以我故[2]？

與君雖異物，生而相依附[3]。

結託既喜同，安得不相語[4]！

三皇大聖人，今復在何處[5]？

彭祖愛永年，欲留不得住[6]。

老少同一死，賢愚無復數[7]。

日醉或能忘，將非促齡具[8]！

立善常所欣，誰當為汝譽[9]？

甚念傷吾生，正宜委運去[10]。

縱浪大化中，不喜亦不懼[11]。

應盡便須盡，無復獨多慮[12]。

注釋

1 "大鈞"二句：造化沒有偏愛，天地間萬物按照規律各
   自繁榮發展。
   大鈞：造化。**私**：偏愛。**理**：事理，規律。理，一作
   物。**森**：眾盛貌。**著**：顯著。

2 "人為"二句：人所以能處在三才中間，不是因為有我
   這個靈魂的緣故嗎？
   三才：古時稱天、地、人為三才。**我**：神自謂，即
   靈魂。

3　**"與君"二句**：我與你們雖然是不同的事物，但生來就互相依附。

　　君：你們。指形體和影子。**相依附**：影隨形，神（靈魂）存於形體之中；形滅影也滅，神（靈魂）也再不存在。這就是他們三者的互相依附關係。

4　**"結託"二句**：既然我們大家結合寄託在一起，互相間怎會不相關？

　　結託：互相結合，互相寄託。**相語**：相互應答、談論。這裏意謂相關。

5　**"三皇"二句**：上古的大聖人三皇，現在又在何處？

　　三皇：傳說中的遠古帝王；有多種説法，《尚書》以燧人、伏羲、神農為三皇。兩句謂有生必有死，三皇聖人也不能倖免。

6　**"彭祖"二句**：彭祖愛長生，想永遠不死留在世上也留不了。

　　彭祖：相傳為殷大夫。姓籛（jiān 煎），名鏗，帝顓頊之孫。善導引行氣，歷夏經殷至周，年八百餘歲。參見《列仙傳》。**永年**：猶長生。

7　**"老少"二句**：老的、少的都免不了同樣要死去，不論是賢良或愚蠢，死去以後都沒有回生的運數。

　　復：迴轉。這裏指復生。**數**：運數。

　　以上六句，釋死。説成仙之虛妄，凡人最後終不免一死。

8　**"日醉"二句**：每日醉酒或能忘憂，但是，這樣豈不是在催迫生命快點結束嗎？

將非：豈非，豈不是。**促**：催，迫。**齡**：年歲。在《形贈影》篇中，形體主張及時行樂，飲酒忘憂。這裏兩句是針對這種主張進行答辯，釋明飲酒無益。

9　**"立善"** 二句：人們常常喜歡去立善求名，可是死後誰去讚譽你呢？

欣：欣喜。**汝**：你。**譽**：讚譽。在《影答形》篇中，影子主張立善求名。兩句是針對這種主張，提出答辯，釋明立善求名無用。

10　**"甚念"** 二句：極力去追求飲酒行樂、立善求名，那就會自傷其性，因此，正確的做法是一任自然。

念：這裏意謂追求。**委運**：一任自然。這裏兩句對上兩種飲酒、立善的主張都一概否定，提出一任自然的主張。

11　**"縱浪"** 二句：在宇宙中縱情放浪吧，人生沒有什麼可喜，也沒有什麼可懼的。

縱浪：猶放浪，放肆。**大化**：自然造化，宇宙。

12　**"應盡"** 二句：要死便死，沒有什麼可以多顧慮的。

"縱浪" 以下四句是神（靈魂）對一任自然的解釋。認為應該放浪宇宙中，不喜、不惑、不懼，聽其自然，便可與天地永存。

九日閒居 并序

　　古人相傳，陽曆九月九日重陽節飲菊花酒，可以
"延年益壽"。舊題漢劉歆《西京雜記》："九月九日佩
茱萸，食蓬餌，飲菊花酒，令人長壽。"重陽節飲菊
花酒，為我國自古以來的一種民間風習。

　　據《宋書‧陶潛傳》載：陶淵明歸隱閒居在家，
生活困苦，九月九日重陽節無酒，在宅邊的菊叢中久
坐。本詩當為此時有菊無酒而作。開首四句解釋重九
之名，接著寫詩人自己有菊無酒，空負秋天的良辰美
景，最後四句感慨人生短暫，久留無成。

**　　余閒居，愛重九之名。秋菊盈園，而持醪靡
由 [1]。空服九華 [2]，寄懷于言。**

　　　　世短意常多，斯人樂久生 [3]。
　　　　日月依辰至，舉俗愛其名 [4]。
　　　　露淒暄風息，氣澈天象明 [5]。
　　　　往燕無遺影，來雁有餘聲 [6]。
　　　　酒能祛百慮，菊解制頹齡 [7]。
　　　　如何蓬廬士，空視時運傾 [8]！
　　　　塵爵恥虛罍，寒華徒自榮 [9]。

斂襟獨閒謠，緬焉起深情[10]。

棲遲固多娛，淹留豈無成[11]。

注釋

1　**持醪靡由**：無從得到酒。醪，汁滓酒。靡由，無從。

2　**空服九華**：空食菊花。九華，重九之華，即菊花。

3　**"世短"二句**：人生在世是那樣的短暫，人們所以愛好
　　重九的意趣多，是因為喜歡久生長壽。
　　世短：指人活在世上的時間短暫。**意常多**：喜愛重九之
　　意甚多。**久生**：長生。"久"、"九"諧音相借。

4　**"日月"二句**：九月九日每年都依照季節到來，人們喜
　　愛這個"長久"的嘉名。
　　日月：指九月九日。**名**：指象徵長久的九月九日之名。

5　**"露淒"二句**：露水寒涼暖風停息，秋高氣爽天象清明。
　　暄風：暖風。**氣澈**：大氣澄澈。**天象**：天空的風雲現
　　象。**明**：清澈。

6　**"往燕"二句**：飛去了的燕子沒有遺留下蹤影，北來的
　　大雁還有餘聲。

7　**"酒能"二句**：飲酒能夠解除胸中的百種憂慮，服菊能
　　夠制止衰老使人長壽。
　　祛：除。**制**：制止。**頹**：即頹，衰老。

8　**"如何"二句**：歸隱的貧士，怎麼可讓重陽佳節白白地
　　過去！
　　蓬廬士：住在茅屋裏的貧士。這裏指歸隱的貧士。**時**

運：節候。這裏指重陽節。**傾**：這裏指消失。

9　　**"塵爵"** 二句：爵中積了塵污而空置著，秋菊徒然獨自
開放。

塵：塵污。**爵**：古時飲酒之器。**罍**（léi 雷）：古時一種
盛酒之罇，形狀似壺。**寒華**：秋菊。兩句意謂有菊無
酒，空負重九佳節。

10　　**"斂襟"** 二句：我整斂衣襟獨坐閒作詩，深思遐想感慨
良深。

斂：整斂。**緬焉**：深思遐想貌。

11　　**"棲遲"** 二句：隱居山林固然多快樂，但是，留在塵世
之中又豈能沒有所成？

棲遲：隱居。**淹留**：久留。

歸園田居五首

　　詩人早年曾任江州祭酒、鎮軍參軍、彭澤令等職，後來因為厭惡官場污濁、愛好生活自由，遂退隱農村。本詩為詩人辭去彭澤令，隱居躬耕後所作。

　　《歸園田居》共五首，主要寫辭職歸田、"復得返自然"的愉快心情，田園景物的美好，鄉居的樂趣，勞動的甘苦和自己對歸隱生活的熱愛。富有真情實感，樸素自然，平淡含蓄，為詩人的代表作。

一

　　這是一幅充滿詩情畫意的村居圖。詩人以興奮的心情寫出田園景物的美好和他對歸隱生活的熱愛。

> 少無適俗韻，性本愛邱山[1]。
> 誤落塵網中，一去三十年[2]。
> 羈鳥戀舊林，池魚思故淵[3]。
> 開荒南野際，守拙歸園田[4]。
> 方宅十餘畝，草屋八九間[5]。

榆柳蔭後簷，桃李羅堂前[6]。

曖曖遠人村，依依墟里煙[7]。

狗吠深巷中，雞鳴桑樹顛[8]。

戶庭無塵雜，虛室有餘閒[9]。

久在樊籠裏，復得返自然[10]。

注釋

1　"少無" 二句：自小就沒有投合世俗的性情，本性生來
　　愛好山丘。

　　適：適應，投合。**俗韻**：世俗的氣韻、性情。

2　"誤落" 二句：誤落在塵俗的羅網中，離開田園已經
　　十三年了。

　　塵網：塵世的羅網，指仕途。**三十年**：應作 "十三
　　年"。詩人從初出仕江州祭酒到辭去彭澤令歸田，前後
　　共十三年。一云 "三" 為 "已" 之誤。

3　"羈鳥" 二句：關在籠中的鳥依戀舊林，困在小池中的
　　魚思念從前的深潭。

　　羈鳥：束縛在籠中的鳥。**池魚**：困在小池中的魚。兩句
　　用羈鳥、池魚比喻仕途的束縛，以舊林、故淵比喻田園
　　生活的愉快。

4　"開荒" 二句：開墾向南的荒地，依守著愚拙的性格歸
　　耕田園。

　　拙：愚拙。指不會取巧逢迎。

5   "方宅"二句:宅地的四周有十餘畝田地,並有草房八九間。

6   "榆柳"二句:榆樹柳樹的樹蔭蓋著後屋簷,桃樹李樹排列在堂前。

    羅:排列,羅列。

7   "曖曖"二句:遠處的農舍迷離不清,村落裏飄蕩著輕柔的炊煙。

    曖曖:昏暗不明。**依依**:輕柔搖動貌。**墟里**:村落。

8   "狗吠"二句:狗在深巷中叫吠,雞站在桑樹梢上啼叫。

9   "戶庭"二句:家中沒有塵俗雜事來干擾,靜室裏有的是閒暇舒適。

    戶庭:門庭。這裏指屋裏。**虛室**:靜室。

10 "久在"二句:長久關在籠子裏,現在才得重歸大自然。

    樊籠:關鳥獸的籠子。這裏用來比喻出仕做官。

二

    本首寫鄉居生活的感想。村野事簡人靜,沒有世俗的交往,也沒有世俗的憂患,只與近鄰往來,共談桑麻,關心莊稼,表達了詩人對田園勞動生活的熱愛。

野外罕人事,窮巷寡輪鞅[1]。

白日掩荊扉，虛室絕塵想 [2]。

時復墟曲中，披草共來往 [3]。

相見無雜言，但道桑麻長 [4]。

桑麻日已長，我土日已廣 [5]。

常恐霜霰至，零落同草莽 [6]。

注釋

1 **"野外"二句**：住在郊野很少有世俗的交往，居於僻巷之中極少有車馬來往。

   野外：郊野。**罕**：稀少。**人事**：人與人之間交往的事。

   寡：少。**輪鞅**（yāng 央陰上聲）：指車馬。鞅，馬駕車時套在頸上的皮帶。

2 **"白日"二句**：白天關著柴門，獨處在虛室裏，摒絕世俗的念頭。

   荊扉：荊枝編成的門，柴門。**塵想**：世俗的念頭。

3 **"時復"二句**：不時撥開草叢，來往於村落偏僻處，同村裏農人往來。

   墟曲：村落偏僻的地方。**披草**：撥開草叢。《晉書·袁宏傳》："披草求君，定交一面。"也解作披上草衣。

4 **"相見"二句**：相見時不談塵世中的煩雜事，只論桑麻生長的情況。

   雜言：指談論世俗中煩雜之事。

5 **"桑麻"二句**：所種的桑麻日日生長，開墾的田畝不斷擴大。

我土：指自己開墾的土地。

6　"常恐"二句：常常擔心風霜雨雪到來，把桑麻摧殘得像野草那樣零落。

霰（xiàn 線）：雪珠。莽：叢草。兩句提及的憂慮，正是詩人熱愛田園勞動生活，不願重返仕途的真實感情的表露。

三

　　本首寫早出晚歸的勞動生活，以及詩人對勞動的感受。說明田園雖有田園的苦況，但與受俗苦、宦苦相比，詩人寧受田園之苦。詩中有真景、真味、真意，元氣所發，自然涵渾，被譽為"五古中之精金良玉"。（日本近藤元粹評訂《陶淵明集》）

種豆南山下，草盛豆苗稀 [1]。
晨興理荒穢，帶月荷鋤歸 [2]。
道狹草木長，夕露霑我衣 [3]。
衣霑不足惜，但使願無違 [4]。

注釋

1 "種豆"二句：在南山下種植豆苗，雜草茂盛，豆苗
稀疏。

南山：一說廬山。

2 "晨興"二句：早晨起來去鋤雜草，黃昏月出後才扛鋤
回家。

興：起。荒穢：荒蕪。穢，雜草。帶月：伴隨夜月，一
作戴月。荷鋤：肩負鋤頭。

3 "道狹"二句：狹窄的小路草木叢生，晚露沾濕了我的
衣裳。

4 "衣霑"二句：衣濕不值得可惜，只要不違背自己歸耕
的志願就好了。

足：值得。願：指隱居歸耕。

四

本首寫詩人在耕種的餘暇，攜子姪去憑弔故墟，
哀傷鄰里的存沒，感慨人生的變幻，終歸空無。

> 久去山澤遊，浪莽林野娛[1]。
>
> 試攜子姪輩，披榛步荒墟[2]。
>
> 徘徊邱壟間，依依昔人居[3]。
>
> 井竈有遺處，桑竹殘朽株[4]。

借問採薪者：此人皆焉如[5]？

薪者向我言：死沒無復餘[6]。

"一世異朝市"，此語真不虛[7]！

人生似幻化，終當歸空無[8]。

注釋

1 "久去"二句：離開山澤出去做官已經很久，現在才能
  重歸林野，放浪遨遊。
  去：離開。遊：這裏指遊宦，出去做官，即"誤落塵
  網中，一去三十年"的意思。浪莽：放浪不拘。娛：
  娛樂。

2 "試攜"二句：且攜帶我的子姪，撥開雜生的草木去尋
  訪廢墟。
  試：姑且。榛：草木叢生。荒墟：廢墟。

3 "徘徊"二句：徘徊在墳墓之間，依稀可以認出過去的
  人的居處。
  邱壟：墳壟，墳墓。依依：依稀。

4 "井竈"二句：井竈還留下遺迹，桑竹殘留有枯朽的
  枝幹。

5 "借問"二句：借問打柴人："過去住在這裏的人到哪裏
  去了？"
  焉如：何往，到哪裏去。如，往。

6 "薪者"二句：打柴人對我說："死了，沒有留下後代。"

以上十二句敘事，寫憑弔故墟和農村殘破零落的情景。

7　"一世"二句：三十年就改變了朝市面貌，這話真不
　　虛假。

　　一世：三十年為一世。**異**：遷改。**朝市**：公眾聚集的
　　地方。

8　"人生"二句：人生如像虛幻變化，最終都要歸於空無。

　　以上四句感慨人生變幻，終歸空無；俗網易脫，死關
　　難逃。

五

前首悲死者，本首念生者。

耕種歸來，濯足清溪，以斗酒隻雞招客，長夜共
飲。這是詩人描繪的一幅欣然自得的田園生活畫圖。

> 悵恨獨策還，崎嶇歷榛曲。[1]
> 山澗清且淺，可以濯吾足。[2]
> 漉我新熟酒，隻雞招近局。[3]
> 日入室中闇，荊薪代明燭。[4]
> 歡來苦夕短，已復至天旭。[5]

注釋

1 **"悵恨"二句**：耕作完畢，帶著悵恨獨個兒扶杖還家，走在崎嶇曲折、雜木叢生的小路上。

悵恨：是承上首，指對死者的悲哀未了。**策**：扶杖。

榛（zhēn 津）：野草樹木叢生的樣子。**曲**：曲折偏僻的小路。

2 **"山澗"二句**：山溪裏的水清又淺，可以洗我的腳。

濯：洗。

以上四句，寫在歸路上未至家。

3 **"漉我"二句**：濾一濾我新釀的酒，殺一隻雞，邀請近鄰來作客。

漉：水下滲，過濾。**近局**：近鄰。

4 **"日入"二句**：日落以後屋裏幽暗，點一根荊柴代替明燭"。**闇**（àn 暗）：即暗。

5 **"歡來"二句**：大家飲得歡樂，只恨夜短，一直暢飲至天明。

夕：夜。**天旭**：天明。

以上六句寫還家後歡飲。

遊斜川 并序

本詩寫詩人初春與鄰居同遊斜川時，所看到的清奇壯麗的美景，以及放懷山水、忘卻世俗的感受。

前四句寫出遊動機，“氣和”以下八句寫初春景色，後八句抒寫詩人的感慨。鍊字自然，寫景如畫。

辛丑正月五日[1]，天氣澄和，風物閒美，與二三鄰曲[2]，同遊斜川[3]。臨長流[4]，望曾城[5]；魴鯉躍鱗於將夕，水鷗乘和以翻飛。彼南阜者[6]，名實舊矣，不復乃為嗟歎[7]。若夫曾城，傍無依接[8]，獨秀中皋[9]。遙想靈山[10]，有愛嘉名[11]。欣對不足，率爾賦詩[12]。悲日月之遂往，悼吾年之不留。各疏年紀鄉里，以紀其時日。

開歲倏五日，吾生行歸休[13]。
念之動中懷，及辰為茲遊[14]。
氣和天惟澄，班坐依遠流[15]。
弱湍馳文魴，閒谷矯鳴鷗[16]。
迥澤散游目，緬然睇曾邱[17]。
雖微九重秀，顧瞻無匹儔[18]。

提壺接賓侶，引滿更獻酬 [19]。

未知從今去，當復如此不 [20]？

中觴縱遙情，忘彼千載憂 [21]。

且極今朝樂，明日非所求 [22]。

注釋

1　**辛丑**：為"辛酉"之誤，應為南朝宋永初二年（421）辛酉，時詩人五十七歲。

2　**鄰曲**：鄰居。

3　**斜川**：地名。在今江西都昌附近湖泊中。

4　**長流**：詩人所居不遠處的小溪。其水冬夏不絕，可泛舟。

5　**曾城**：山名。在廬山北。一名江南嶺，又名天子鄣。據明駱庭芝所考，上有落星寺。

6　**南阜**：南山，即廬山。

7　**嗟歎**：吟詠。

8　**"傍無"句**：詩人遊斜川時值正月十五，春水未生，曾城宛在大澤中，所以說"傍無依接"。

9　**中皐**：山澤之中。

10　**靈山**：指崑崙曾城。傳說崑崙是神仙居住的地方，其中有"曾城"九重。詩人遊斜川時從眼前看到的曾城，遙想崑崙山中仙居的曾城。

11　**嘉名**：美名。

12 "欣對"二句：欣喜的感情不能盡以表達，所以輕率地賦詩。

　　率爾：輕率。

13 "開歲"二句：元旦以後很快到了正月初五，我的一生將要結束了。

　　開歲：歲首。倏（shū 叔）：很快。吾生：我的一生。行：將。歸休：指死。

14 "念之"二句：想起來心中感到悽然，只好及時去出遊。

　　念：思想。中懷：心懷。及辰：及時。

15 "氣和"二句：氣候和暖，天宇澄清，大家依次列坐在船上，順流遠去。

　　班坐：依次序列坐。依：順著。

16 "弱湍"二句：美麗的鯿魚在悠悠的流水中馳游，鷗鳥在幽靜的谷中高鳴。

　　弱湍：悠揚的流水。文魴：美麗的鯿魚。谷：兩山間的流水之道。鷗：水鳥名。

17 "迥澤"二句：放眼隨意四望廣闊的湖水，若有所思地注視著遠處的曾邱。

　　迥澤：廣闊的湖水。游目：目光由遠及近地隨意觀看。緬然：望遠而引起思想。睇：注視。曾邱：即曾城山。

18 "雖微"二句：雖然沒有仙境崑崙山上曾城九重那樣秀麗，但附近一帶卻沒有比得上它的。

　　微：無，沒有。九重：指崑崙山上的曾城九重。秀：秀麗。匹儔：匹敵。

19 "提壺"二句：提起酒壺款待同遊的伴侶，把酒斟滿，互相勸飲。

引滿：把酒斟滿杯。**獻酬**：互相勸酒。

20 "未知"二句：不知道從此以後，還有這樣同遊的機會
沒有？

21 "中觴"二句：飲酒期間放開情懷，把千載的憂慮全部
拋開。

中觴（shāng 商）：飲酒期間。

22 "且極"二句：還是極盡今朝的歡樂吧，對於明天沒有
什麼可祈求的了。

乞食

南朝宋元嘉三年（426），陶淵明六十二歲。當年遭受災荒，生活甚苦，詩人不得不向人乞貸。本詩寫其向人乞貸時的心情。

飢來驅我去，不知竟何之[1]。

行行至斯里，叩門拙言辭[2]。

主人解余意，遺贈豈虛來[3]。

談諧終日夕，觴至輒傾杯[4]。

情欣新知歡，言詠遂賦詩[5]。

感子漂母惠，愧我非韓才[6]。

銜戢知何謝，冥報以相貽[7]。

注釋

1 **"飢來"** 二句：飢餓驅我去乞食，但是不知道究竟往哪裏走。

2 **"行行"** 二句：走啊走，不覺到了閭里，用手敲門，想説話又不知道説什麼好。

   里：閭里。

3 **"主人"** 二句：主人了解我的來意，贈送我東西，使我不至於白跑一趟。

4 "談諧"二句：還留我飲酒，歡談到黃昏，每次進酒勸
  飲都盡情乾杯。

  談諧：談得融洽。**觴**：進酒勸飲。**輒**：每。

5 "情欣"二句：結識新交使我高興，因而吟詠賦詩。

  新知：新交。

6 "感子"二句：感激您像漂母那樣的恩惠，但愧我不是
  韓信那樣的人。

  子：您，尊稱。**漂母**：在水邊漂洗衣物的婦人。漢韓信
  為布衣時，家貧，釣於城下，漂母見他飢餓，給他飯
  吃。後來韓信為楚王，以千金報答漂母。參見《史記·
  淮陰侯傳》。詩人借此説自己沒有韓信那樣的本事，去
  酬報主人。

7 "銜戢"二句：把感激的深情藏在心裏，死後在幽冥中
  也要報答您的恩惠。

  銜戢（jí 輯）：指藏在心中。**冥報**：死後在幽冥中報答。
  貽：遺贈。

怨詩楚調示龐主簿鄧治中

漢樂府《楚調曲》有《怨詩行》，本詩命題 "怨詩楚調"，是仿其體。本詩寫詩人自己生平的坎坷遭遇，以及備受飢寒的艱難處境。

龐主簿：即龐遵，是詩人的故友。主簿，府縣掌管文書簿籍的官吏。鄧治中：其人不詳。"治中"，州郡掌理諸曹文書的官吏。

> 天道幽且遠，鬼神茫昧然[1]。
>
> 結髮念善事，僶俛六九年[2]。
>
> 弱冠逢世阻，始室喪其偏[3]。
>
> 炎火屢焚如，螟蜮恣中田[4]。
>
> 風雨縱橫至，收斂不盈廛[5]。
>
> 夏日長抱飢，寒夜無被眠[6]。
>
> 造夕思雞鳴，及晨願烏遷[7]。
>
> 在己何怨天，離憂悽目前[8]。
>
> 吁嗟身後名，於我若浮煙[9]。
>
> 慷慨獨悲歌，鍾期信為賢[10]。

注釋

1 **"天道"** 二句：天命幽遠玄妙，鬼神的事渺茫難知。
   天道：猶天命。**幽**：深邃。**茫昧然** 渺茫無知。

2 **"結髮"** 二句：少年時我就想著做好事，五十四年來一
   直勸勉著自己。
   結髮：少年時。古代男子十五歲開始束髮。《大戴禮·
   保傳》"束髮而就大學"注："謂成童。"又《禮記·內則》
   "成童舞象"注："成童十五以上。"**僶俛**（mǐn fǔ 敏免）：
   勉力而為。**六九年**：即五十四歲。

3 **"弱冠"** 二句：二十歲時遭逢世道混亂多災，三十歲時
   又死去妻子。
   弱冠：古時男子二十歲加冠，身體猶未壯，所以稱 "弱
   冠"。**世阻**：世途險阻。詩人二十歲時，時局非常混
   亂，秦兵大舉入侵，江西一帶又遭水災及饑饉，所以說
   "逢世阻"。**始室**：《禮記·內則》："三十而有室（妻），
   始理男事。" 這裏用以指三十歲左右。**喪其偏**：古代死
   去丈夫或妻子稱為偏喪，這裏指喪妻。兩句寫人禍。

4 **"炎火"** 二句：酷熱的烈日老是像火一樣燃燒，害蟲在
   乾旱的田中恣意侵害農作物。
   炎火：指烈日。**焚如**：像火一樣燃燒。**螟蜮**：指侵食農
   作物的害蟲。**恣**：恣意，放肆。

5 **"風雨"** 二句：加上風雨交加，縱橫掃蕩，收穫的糧食
   不能維持一家的生活。
   收斂：收穫。這裏借指一家人。**不盈廛**：意謂不夠一家
   人食用。廛，古時一人所居曰 "廛"。

以上四句寫天災。

6　"夏日" 二句：夏天整日挨餓，冬夜睡眠沒有被子蓋。

7　"造夕" 二句：寒夜無被，一到晚上便盼望雞啼；白天整日飢餓，又希望太陽早點下山。

造夕：到晚。烏遷：太陽落山。烏，指太陽。古代相傳日中有三足烏，所以稱太陽為金烏。

以上四句，寫備受飢寒的艱難生活。

8　"在己" 二句：之所以過這樣艱難的生活，完全在於自己，何必去怨天；所遭遇的憂患、悽苦就在眼前。

離：遭遇。

9　"吁嗟" 二句：至於什麼死後的名聲，在我來説輕如浮煙。

吁嗟：歎詞。

10　"慷慨" 二句：我獨自慷慨悲歌，像鍾子期那樣的知音人誠然是可以體會到這首悲歌的含意的。

鍾期：鍾子期，善聽，為古代著名的知音人。這裏喻龐主簿、鄧治中。信：誠然。賢：賢智。

連雨獨飲

　　本詩用迴曲深峻的筆法，說明一個人生哲理：
世無神仙，有生必有死，不如飲酒，知命樂天，聽任
自然。

> 運生會歸盡，終古謂之然[1]。
> 世間有松喬，於今定何間[2]。
> 故老贈余酒，乃言飲得仙[3]。
> 試酌百情遠，重觴忽忘天[4]。
> 天豈去此哉，任真無所先[5]。
> 雲鶴有奇翼，八表須臾還[6]。
> 自我抱茲獨，僶俛四十年[7]。
> 形骸久已化，心在復何言[8]。

注釋

1　**"運生"二句**：自古以來都是這樣說的，人生在天地間
　　有生必有死。
　　運：運行。**歸盡**：指死亡。**然**：這樣。

2　**"世間"二句**：世間曾有赤松子、王子喬這樣的仙人，
　　可是現在又在何方呢？

松：赤松子，傳說中的仙人，為遠古神農時的雨師，服水玉，隨風雨上下。**喬**：王子喬，周靈王的太子，名晉。好吹笙，作鳳凰鳴，常遊伊洛之間，傳說他後來上嵩高山成仙。"於今"句謂松喬現在到底在哪裏？指松喬亦同歸於盡。

3 **"故老"二句**：長老贈我酒，説："飲了可成仙！"

4 **"試酌"二句**：我初飲一杯，胸中的感情果然為之曠遠，再飲時忘掉了蒼天的存在。

   試酌：初飲。**百情**：指胸中的多種感情。**重觴**：再飲。

5 **"天豈"二句**：天豈有離開我？我與天混為一體，聽任自然，沒有先後之分。

   去：離開。**任真**：聽任自然。**無所先**：我與天無先後之分。

6 **"雲鶴"二句**：雲鶴有神奇的翅膀，片刻之間便能從八方之外飛回。

   雲鶴：指仙人。**奇翼**：神奇之翼。**八表**：八方之外，天地之間。

7 **"自我"二句**：我抱著這樣任其自然的個性，勉力而行已經四十年。

   抱茲獨：指獨抱任真的個性。**俛俛**：勉力。

8 **"形骸"二句**：我的形骸雖然早已變化，但任真自然的心未變。

   形骸：指人的身體外形。**化**：變化。**心在**：心尚在。謂任真之心未變。

移居二首

詩人曾居潯陽（今江西九江）上京，後遇火災，遂於晉安帝義熙六年（410），由上京遷至潯陽負郭的南村居住。《移居》二首，為此時所作。

一

寫遷居南村後，同鄰居友好交往的樂趣。

> 昔欲居南村，非為卜其宅[1]。
> 聞多素心人，樂與數晨夕[2]。
> 懷此頗有年，今日從茲役[3]。
> 敝廬何必廣，取足蔽牀席[4]。
> 鄰曲時時來，抗言談在昔[5]。
> 奇文共欣賞，疑義相與析[6]。

注釋

1　"昔欲"二句：過去就想到南村來居住，並不是為了選擇吉祥的住宅。

　　南村：在今江西省九江市西南。**卜宅**：用卜筮選取
吉宅。

2　　**"聞多"二句**：聞説這裏有很多心懷素潔的人，我樂意
同他們天天相處。

　　素心人：心地質樸的人。**數**（shǔ 蘇陰上聲）**晨夕**：天
天相處。數，計算。

3　　**"懷此"二句**：抱有這個想法已經很久，今天才得以
實現。

　　從茲役：指實現這搬家的事。役，役事。

4　　**"敝廬"二句**：住的房子何必寬闊，只要能遮蓋住牀席
就行了。

　　敝廬：簡陋的房子。

5　　**"鄰曲"二句**：鄰人時時到我這裏來，直言無隱地談論
往事。

　　鄰曲：鄰居。**抗言**：直言無隱地談論，猶高談闊論。**在
昔**：往事。

6　　**"奇文"二句**：共同欣賞奇妙的文章，疑難的問題大家
一起研究。

　　奇文：奇妙的文章。**析**：剖析，研究。

二

本首寫農務之餘，同鄰居友人登高賦詩，飲酒言笑之樂。

> 春秋多佳日，登高賦新詩[1]。
> 過門更相呼，有酒斟酌之[2]。
> 農務各自歸，閒暇輒相思[3]，
> 相思則披衣，言笑無厭時[4]。
> 此理將不勝，無為忽去茲[5]。
> 衣食當須紀，力耕不吾欺[6]。

注釋

1 **"春秋"** 二句：春秋兩季的好日子，同鄰居友人登高賦詩。

2 **"過門"** 二句：過門互相招呼，有酒便斟，慢慢品嘗。
  更（gēng 庚）相呼：互相招呼。斟酌（zhēn zhuó 針雀）：把酒倒在杯內。

3 **"農務"** 二句：農忙時各自回家幹活，空閒時又往往彼此思念。
  輒：每每，往往。

4 **"相思"** 二句：想念時便披衣登門訪問，大家談笑沒有厭倦的時候。

披衣：意謂穿衣登門訪問。

5　**"此理"** 二句：這樣的生活豈不美好？不可輕易地拋
棄它。

　　理：生理。這裏指生活。**將**：豈。**勝**：佳勝，高強。
　　忽：輕率。**去**：棄。**茲**：這種生活。指登高賦詩、飲酒
　　言笑的生活。

6　**"衣食"** 二句：穿的吃的需要自己去經營，努力耕作總
不會徒勞。

　　紀：經營，料理。**不吾欺**：不欺我。意謂不會徒勞。

和郭主簿二首

《和郭主簿》共二首。前首自述，後首懷人。清王夫之說："寫景淨，言情深，乃不負為幽人之作。"（《古詩評選》）

郭主簿：事迹不詳。主簿，主管簿書的官。

一

本首寫自給自足的鄉居生活的悠閒，以及望雲懷古的避世幽情。

藹藹堂前林，中夏貯清陰 [1]。

凱風因時來，回飆開我襟 [2]。

息交遊閒臥，坐起弄書琴 [3]。

園蔬有餘滋，舊穀猶儲今 [4]。

營己良有極，過足非所欽 [5]。

舂秫作美酒，酒熟吾自斟 [6]。

弱子戲我側，學語未成音 [7]。

此事真復樂，聊用忘華簪[8]。

遙遙望白雲，懷古一何深[9]。

注釋

1　"藹藹"二句：繁茂的堂前林木，夏天常貯清陰在我
　　堂中。
　　藹藹：茂盛貌。中夏：夏中。

2　"凱風"二句：南風在夏天依時來到，迴風吹開我的襟
　　懷。凱風：南風。因時：依時。回飆：迴風。襟：襟
　　懷，胸懷。

3　"息交"二句：停止交遊在家裏閒臥，臥起時便讀書
　　彈琴。
　　息交：停止交遊。逝：語助詞，無義。

4　"園蔬"二句：園中的蔬菜採摘不完，還有往年的舊穀
　　儲存著。
　　滋：繁盛，眾多。

5　"營己"二句：營謀自己的生活所需誠然有限，過多的
　　東西不是我所羨慕。
　　營己：營謀自己的生活。良：誠然，實在。極：限度，
　　止境。欽：羨慕。"過足"句意謂自足即可，不作過求。

6　"舂秫"二句：舂擣黏稻釀製美酒，蒸好了酒我獨斟
　　獨飲。
　　秫：一種有黏性的穀物。

7　"弱子"二句：幼子在我身邊嬉戲，說話的口齒還不

清楚。

未成音：謂説話不清楚。

8　　**"此事"二句**：這樣的生活真使我快樂，姑且以此忘卻
　　　高官厚祿。

　　　華簪（zān 斬陰平聲）：貴人用以連接冠與髮的華貴飾
　　　物。這裏代指仕宦富貴。

9　　**"遙遙"二句**：遙望高空的白雲，懷古的幽情多麼
　　　深沉！

二

　　本首從秋天的松菊寫起，引出思念古代隱者之
情，歌頌他們的堅貞高潔，表示要堅守他們的節操。

　　前首寫夏景，本首寫秋景；前首望雲懷古，本首
舉杯念幽人；前首寫樂，本首寫憂。次第有別，景色
感情也不同，但都是對避世隱居的讚美。

　　　　和澤周三春，清涼素秋節[1]。
　　　　露凝無游氛，天高肅景澈[2]。
　　　　陵岑聳逸峰，遙瞻皆奇絕[3]。
　　　　芳菊開林耀，青松冠巖列[4]。
　　　　懷此貞秀姿，卓為霜下傑[5]。

衔觴念幽人，千載撫爾訣[6]。

檢素不獲展，厭厭竟良月[7]。

注釋

1　"和澤"二句：春季三月多雨水，秋天卻是清爽的季節。
　　和澤：指雨水調和。**周**：遍。**三春**：春季三月。**素秋**：
　　秋色清而白，故稱。

2　"露凝"二句：露水凝結成霜，沒有了霧氣，天高氣爽
　　秋景明澈。
　　游氛：飄遊的霧氣。**肅景**：秋景。古時認為秋氣清肅，
　　所以稱秋景為肅景。

3　"陵岑"二句：高聳飛逸的山峰，遙望覺得特別挺秀
　　奇絕。
　　陵：體隆而勢平的山。**岑**：小而高的山。**逸峰**：形勢飛
　　逸的山峰。

4　"芳菊"二句：芳菊在林中開得燦爛耀目，青松在山巖
　　上成排屹立。
　　開林耀：耀林開的倒裝。耀，輝耀。**冠巖**：屹立在山巖
　　的頂巔。

5　"懷此"二句：他們具有這樣堅貞秀拔的姿態，真稱得
　　上卓絕凌霜的豪傑。
　　貞秀：堅貞秀拔。**霜下傑**：猶言凌霜的豪傑。

6　"衔觴"二句：舉杯飲酒，我懷念像松菊那樣貞秀的隱
　　者，千載都堅守你們的法則。

銜觴：指飲酒。幽人：隱者。撫：持，堅守。爾：指古代隱者。訣：法則。指古代隱者的節操。

7 "檢素" 二句：我得不到你們的書信，帶著愁悶的思緒度過了清秋時節。

檢素：簡素，書信。一說是自檢平素，疑非。厭厭：情緒不好。意謂愁悶。竟：終，盡。這裏當動詞用。良月：指清秋的時節。

始作鎮軍參軍經曲阿作

陶淵明在晉安帝元興三年（404）初任鎮軍將軍的參軍，曾經曲阿（今江蘇丹陽縣）赴任。本詩是寫詩人在赴任途中對田園生活的懷念。

鎮軍參軍：鎮軍將軍的參軍的簡稱。

弱齡寄事外，委懷在琴書[1]。
被褐欣自得，屢空常晏如[2]。
時來苟冥會，宛轡憩通衢[3]。
投策命晨裝，暫與園田疏[4]。
眇眇孤舟逝，綿綿歸思紆[5]。
我行豈不遙，登降千里餘[6]。
目倦川途異，心念山澤居[7]。
望雲慚高鳥，臨水愧游魚[8]。
真想初在襟，誰謂形迹拘[9]。
聊且憑化遷，終反班生廬[10]。

注釋

1　"弱齡"二句：年輕時便寄心於世事之外，安心致志在

057

琴書之中。

弱齡：泛指年輕。**委懷**：安心致志的意思。

2　**"被褐"** 二句：身穿粗布短衣，卻欣樂自得，家裏經常貧窮空竭，卻感到安然。

被：穿。**褐**：士子未出仕所穿的粗布短衣，出仕即解褐。**屢空**：經常貧乏。**晏如**：欣樂自得。

3　**"時來"** 二句：做官的機會既然不求自至，只好回過車駕，停息在仕途之上。

時來：時機的到來。**冥會**：偶然遇到。**宛轡**：回過車駕。**通衢**：大道。這裏比喻仕途。

4　**"投策"** 二句：投去策杖，命人準備啟程的行裝，暫時同田園告別。

策：策杖。**裝**：行裝。**疎**：遠，離開。

5　**"眇眇"** 二句：載我的孤舟愈行愈遠，綿綿不斷的歸思縈繞心頭。

眇眇：遙遠貌。**緜緜**：即綿綿。這裏指思緒不絕。**紆**：縈繞。

6　**"我行"** 二句：我的行程怎麼不遠？走過的崎嶇道路已有千餘里。

登降：指道路的崎嶇。登，上行。降，下行。

7　**"目倦"** 二句：長途的行旅使人疲倦，不免思念起山澤隱士幽靜的居處。

8　**"望雲"** 二句：看到飛鳥游魚在雲中在水裏自由自在，自己卻落在塵網裏受苦，真感到慚愧。

9　**"真想"** 二句：酷愛自然的純真思想仍在胸中，誰說我為形迹所束縛？

真想：酷愛自然的純真思想。指不願出仕，願在山澤中隱居。**襟**：胸襟。**形迹拘**：指心為形役。兩句意謂身在仕途，心存歸隱。

10　**"聊且"二句**：姑且隨著時運的自然變化，將來終要回歸田園隱居。

憑：任憑，隨著。**化遷**：指時運的變化。**班生廬**：班固《幽通賦》："終保己而貽則，里上仁之所廬。"意思說自己要保存自己，遵循父親留下的法則，選擇仁者居住的地方安住。

癸卯歲始春懷古田舍二首

詩人曾為鎮軍參軍。癸卯歲（晉安帝元興二年，公元 403 年），因母喪，請假離職返家，以耕作自樂。

懷古田舍：在田舍中懷古。

一

詩人讚美荷蓧老人，認為自己為飢餓所迫，只能以實踐躬耕保存自己的本色。

在昔聞南畝，當年竟未踐[1]。
屢空既有人，春興豈自免[2]。
夙晨裝吾駕，啟塗情已緬[3]。
鳥弄歡新節，泠風送餘善[4]。
寒竹被荒蹊，地為罕人遠[5]。
是以植杖翁，悠然不復返[6]。
即理愧通識，所保詎乃淺[7]。

注釋

1　“在昔”二句：過去聞説南邊有田畝，但是自己未曾親自去耕種過。

　　未踐：意謂沒有親自耕種。

2　“屢空”二句：既然知道有人恥於耕作而常受貧困，自己便不能免於從事耕作了。

　　屢空：經常貧乏，語本《論語‧先進》。

3　“夙晨”二句：早晨裝備車馬，上路時又產生遐想。

　　夙（sù 宿）：早。**啟塗**：啟程，上路。**緬**：邈遠。

4　“鳥弄”二句：鳥兒在歡迎新春的到來，和風送給我美意。

　　鳥弄：鳥鳴叫。**新節**：新春季節。**泠風**：小風，和風。**善**：美。

5　“寒竹”二句：寒竹覆蓋著荒蕪的小路，土地因人迹稀少而顯得曠遠。

　　被：覆蓋。**蹊**：小路。

6　“是以”二句：因此那個隱者——植杖翁，離開煩擾的地方不再回去了。

　　植杖翁：春秋時隱者。《論語‧微子》：“子路從而後，遇丈人，以杖荷蓧。子路問曰：‘子見夫子乎？’丈人曰：‘四體不勤，五穀不分，孰為夫子？’植其杖而芸。”這裏詩人以植杖翁自比。

7　“即理”二句：對於榮利的道理我自愧未能像通達之士那樣認識，可是這樣一來，我所保存的東西難道會少嗎？

二

本首懷念古代的躬耕隱士長沮、桀溺，說孔子之
道高不可及，自己立志長期參加耕作，以及抒發自己
在勞動中體會到的喜悅。

> 先師有遺訓，憂道不憂貧[1]。
> 瞻望邈難逮，轉欲心長勤[2]。
> 秉耒歡時務，解顏勸農人[3]。
> 平疇交遠風，良苗亦懷新[4]。
> 雖未量歲功，即事多所欣[5]。
> 耕種有時息，行者無問津[6]。
> 日入相與歸，壺漿勞近鄰[7]。
> 長吟掩柴門，聊為隴畝民[8]。

注釋

1 "先師"二句：先師孔子曾留下訓示，君子擔憂的是自
　 己道德修養不夠，卻不擔憂自己的貧窮。
　 先師：對孔子的尊稱。"憂道"句，語本《論語‧衛
　 靈公》。

2 "瞻望"二句：我仰望先師的遺訓，高遠得難以達到，
　 就轉而立志長期參加耕作勞動。

膽望：仰望。邈：高遠。逮：及，達到。心：意志。

勤：指耕作勞動。

3　"秉耒"二句：拿起農具高高興興地去做農事，笑顏逐
　　開慰勉從事耕作的農人。

　　秉：執持。耒：指農具。時務：及時應做的事。指農
　　事。解顏：面露笑容。

4　"平疇"二句：平坦的田野吹送著從遠處來的春風，茁
　　壯的新苗生機蓬勃。

　　平疇：平坦的田野。

5　"雖未"二句：未來的收穫雖然未能估計，但看到眼前
　　這些作物就夠開心了。

　　量：度量，估計。歲功：猶言年成，指一年的收穫。

6　"耕種"二句：耕作之際，隨時可以歇息；往來的人也
　　用不著詢問渡口在何處。

　　問津：問渡口。語本《論語・微子》：長沮、桀溺兩隱
　　者在田裏耦耕，孔子使子路去向他們問渡。這裏詩人以
　　長沮、桀溺那樣的隱者自比。下句意指沒有奔波遠途
　　的人。

7　"日入"二句：太陽下山便與農人一起回家，拿著壺酒
　　去慰勞近鄰。

　　勞：慰勞。

8　"長吟"二句：掩上柴門快樂地放聲歌唱，姑且做一個
　　在田野裏耕作的農人。

還舊居

陶淵明原居柴桑（今江西九江市），後來遷居上京、南村等處。本詩是寫遷居南村後，重訪闊別多年的柴桑舊居，看到舊居面貌全非，村舍改貌，鄰曲老死，因而悲愴人生幻化。

疇昔家上京，六載去還歸[1]。

今日始復來，惻愴多所悲[2]。

阡陌不移舊，邑屋或時非[3]。

履歷周故居，鄰老罕復遺[4]。

步步尋往迹，有處特依依[5]。

流幻百年中，寒暑日相推[6]。

常恐大化盡，氣力不及衰[7]。

撥置且莫念，一觴聊可揮[8]。

注釋

1　"疇昔"二句：從前家住上京時，六年中常回舊居看望。
　　疇（chóu 酬）**昔**：從前。上京：地名。與詩人舊居柴桑相隔不遠。六載：六年。詩人於公元 405 至 410 年在上京居住，為期六年。去還：往來。歸：指回舊居柴桑。

2 "今日"二句：時隔數年今日才再來（柴桑舊居），看到
   舊居的面貌心裏多悲痛。

   今日：詩人從上京遷居南村後，數年未回舊居柴桑，所
   以說"今日始復來"。惻愴：傷痛。

3 "阡陌"二句：田間的小路沒有改動，村舍有的已與舊
   時不同。

   阡陌：田間小路。移：改動。邑屋：村舍。時非：不同
   於舊時。

4 "履歷"二句：我走遍舊居，鄰居的老人卻遺留不多。

   周：遍。鄰老：鄰居老人。罕：少。遺：遺留。

5 "步步"二句：我步步相尋過去的舊跡，有些地方特別
   使我思念。

   依依：思念。

6 "流幻"二句：人生百年像飄流在幻化之中，四時日月
   不斷推動你走。

   流：這裏意謂無根無源的飄流。幻：幻化。寒暑：謂
   四時。

7 "常恐"二句：常常害怕自己的生命終盡，達不到五十
   歲衰弱的年紀。

   大化盡：生命終盡。衰：衰弱。《禮記‧王制》："五十
   始衰。"

8 "撥置"二句：不要去考慮那些事情了，姑且傾杯去
   痛飲。

   觴：酒杯。揮：傾杯而飲。兩句意謂生前要及時行樂。

戊申歲六月中遇火

詩人舊居於潯陽柴桑縣（今江西九江西南）柴桑里。從彭澤歸田當年（晉安帝義熙元年，公元 405 年）遷至潯陽上京（相去柴桑舊居不遠）。戊申（晉安帝義熙四年，公元 408 年）六月中，上京之宅遇火，房屋盡燒，詩人又遷至南村。本詩寫房屋雖然遇火燒盡，但自己不為物情所牽，堅守一貫的信念，表達了樂天安命的思想。

> 草廬寄窮巷，甘以辭華軒[1]。
> 正夏長風急，林室頓燒燔[2]。
> 一宅無遺宇，舫舟蔭門前[3]。
> 迢迢新秋夕，亭亭月將圓[4]。
> 果菜始復生，驚鳥尚未還[5]。
> 中宵佇遙念，一盼周九天[6]。
> 總髮抱孤介，奄出四十年[7]。
> 形跡憑化往，靈府長獨閒[8]。
> 貞剛自有質，玉石乃非堅[9]。
> 仰想東戶時，餘糧宿中田[10]。
> 鼓腹無所思，朝起暮歸眠[11]。
> 既已不遇茲，且遂灌我園[12]。

注釋

1　**「草廬」二句**：居住在陋巷的茅屋裏，甘願拋棄仕宦的富貴尊榮。

　　華軒：富貴者所乘的華麗的車。這裏指仕宦的富貴尊榮。

　　兩句寫詩人的本志。

2　**「正夏」二句**：夏季六月一陣大風，如林的房子遇火頓時燒光。

　　林室：如林木叢集在一起的房屋。**燔（fán 凡）**：燒。

3　**「一宅」二句**：連一間住宅都沒有剩下，只好暫居泊在門前的船中。

　　以上四句寫遇火災。

4　**「迢迢」二句**：初秋的長夜裏，將圓的月亮高懸在天空中。

　　迢迢：長貌。**亭亭**：高貌。

　　這兩句寫遇火一個月後的初秋夜景。

5　**「果菜」二句**：果菜開始復生，驚散的鳥兒還沒有回來。

6　**「中宵」二句**：夜半在月下佇立，想得很遠，我左顧右盼，遍及九天。

　　中宵：半夜。**佇**：企，立。**周**：遍。**九天**：指天的最高層。

　　以上六句寫初秋之景，表現火災後詩人的超然曠達。

7　**「總髮」二句**：我從小就懷有孤高耿介的性情，到現在已經超過四十年之久。

　　總髮：古時兒童頭頂上的束髮。這裏借代少年。**孤介**：

孤獨耿介，方正不隨俗。**奄出**：超出。

8　**"形迹"二句**：形體隨著自然的推移不斷變化，心靈卻經常孤獨平靜。

　　形迹：外在的儀容和行動。**憑化**：隨著自然的推移。**靈府**：心靈。

9　**"貞剛"二句**：貞潔剛強的本性，比玉石還要堅強。

　　質：氣質，本性。

　　以上六句寫自己不為物所牽，堅守貞潔的本性。

10　**"仰想"二句**：我仰慕東戶時代高尚的風氣，耕者把餘糧都儲放在田中。

　　東戶：即東戶季子。相傳東戶時社會風氣淳樸，道不拾遺，耕者都把農具和餘糧儲放在田中，無人盜竊。參見《淮南子·繆稱訓》。**宿**：儲放。

11　**"鼓腹"二句**：在東戶時代，人們飽食無事，沒有其他雜念，早晨起來耕作，晚上在家裏安眠，生活過得安樂。

　　鼓腹：飽食而閒暇無事的狀態。

12　**既已**二句：既然沒有遇上東戶這樣的時代，姑且努力灌溉我的田園。

　　茲：這樣。指東戶這樣的時代。**且**：姑且。

　　以上六句寫古今升降之想，表達一己守義安命之意。

己酉歲九月九日

　　本詩寫九月九日重九節，草木凋落，蟬去雁來的暮秋景物；表達自己感時傷逝，任由萬物的變化，安於素常所處的地位和持酒自樂的感情。全詩純是靜的意境，詩人以靜者靜察物理的變化，描繪出靜中境界。

靡靡秋已夕，淒淒風露交 [1]。
蔓草不復榮，園木空自凋 [2]。
清氣澄餘滓，杳然天界高 [3]。
哀蟬無留響，叢雁鳴雲霄 [4]。
萬化相尋異，人生豈不勞 [5]。
從古皆有沒，念之中心焦 [6]。
何以稱我情，濁酒且自陶 [7]。
千載非所知，聊以永今朝 [8]。

注釋

1　"靡靡"二句：時序不斷更移到了暮秋，寒風冷露相交來到。

　　靡靡：猶行行。夕：暮。淒淒：寒涼貌。

2 　"蔓草"二句：蔓生的野草已經萎謝，園中的樹木空自
凋落。

3 　"清氣"二句：清爽的秋氣澄清了塵埃，秋空顯得特別
高遠。

　　滓：指塵埃。**杳然**：深遠貌。

4 　"哀蟬"二句：飛去了的夏蟬沒有留下哀叫的餘響，秋
雁在秋空的雲霄裏鳴叫。

5 　"萬化"二句：萬物的變化連續不斷，人生難道會有不
為人事的變遷所勞苦？

　　萬化：天地間萬物的變化。**相尋**：連續不斷而來。

6 　"從古"二句：人生自古以來都不免要死掉，想到這些
心中就感到焦慮。

　　沒：死亡。**焦**：焦慮。

7 　"何以"二句：用什麼來使我稱心如意呢？惟有飲濁酒
能夠陶醉自樂。

　　稱：適合。**自陶**：自我陶醉。

8 　"千載"二句：千百年中不斷變化發展的事物，不是我
所能知道的，我暫且歌唱今朝這樣的生活吧！

　　永：同"詠"。

庚戌歲九月中於西田穫早稻

　　庚戌是晉義熙六年（410），為詩人辭去彭澤令歸田隱居的第六年。本詩寫早出晚歸、沾霜帶露勞動的辛苦，秋收時的愉快心情，並表示了要長期躬耕的志願。

　　西田：即西疇。在上京山附近。

　　人生歸有道，衣食固其端[1]。

　　孰是都不營，而以求自安[2]？

　　開春理常業，歲功聊可觀[3]。

　　晨出肆微勤，日入負耒還[4]。

　　山中饒霜露，風氣亦先寒[5]。

　　田家豈不苦？弗獲辭此難[6]。

　　四體誠乃疲，庶無異患干[7]。

　　盥濯息簷下，斗酒散襟顏[8]。

　　遙遙沮溺心，千載乃相關[9]。

　　但願常如此，躬耕非所歎[10]。

注釋

1　"人生"二句：人生之趣有其常理，本以謀求衣食放在
首位。

道：常理。固：本是。端：首。

2　"孰是"二句：怎能不以勤勞去經營衣食，而求得自己
的安逸？

孰：何。是：此。指衣食。營：經營。

3　"開春"二句：開春便去耕作，這一年的收穫尚算可觀。

常業：指農務。歲功：一年的收成。

4　"晨出"二句：早晨出去從事輕微的勞動，日落荷耒
而歸。

肆：致力。微勤：猶言輕微的勞動。耒（lěi 類）：耜（古
時掘土用的犁）的木柄。此指代農具。

5　"山中"二句：山中多霜露，氣候冷得早。

饒：多。風氣：氣候。

6　"田家"二句：田家豈有不辛苦？只是不能推脫這艱苦
的勞動罷了。

弗獲：不得，不能。弗，不。獲，得。辭：辭去，
推脫。

7　"四體"二句：四肢誠然疲乏，但幸而沒有橫禍相犯。

四體：四肢。庶：幸。異患：意外之禍，橫禍。

8　"盥濯"二句：勞動完後在簷下洗沐休息，飲酒散心，
心情暢快。

盥（guàn 貫）：洗手。散襟顏：解襟開顏。謂心神暢快。

9　"遙遙"二句：古代隱居躬耕的長沮、桀溺同現在相隔

千年了，但他們的心卻和我相通。

沮溺： 春秋時楚國隱居躬耕、不願出仕的長沮、桀溺。

相關： 相契合，相通。

10 **"但願"二句：** 但願長久地這樣生活，親身力耕不需要
嗟歎。

飲酒二十首 并序

《飲酒》詩共二十首。是詩人辭去彭澤令,歸田園隱居後不久的作品。命題"飲酒",但其中有明及酒者,亦有不及酒者。當時正是晉、宋易代之際,世變日甚,作者只不過是借酒為題,抒寫情懷,直書即事,寄寓感慨。

詩中既多奇恉曠趣,也有不少哲理名言;章法嚴密,語言自然淳樸,為詩人的代表作。

余閒居寡歡,兼比夜已長,偶有名酒,無夕不飲[1]。顧影獨盡,忽焉復醉[2]。既醉之後,輒題數句自娛;紙墨遂多,辭無詮次[3]。聊命故人書之,以為歡笑爾[4]。

注釋

1 "余閒"四句:我退隱在家閒居,沒有多少喜樂,並且近來夜已長,偶然得到名酒,就無夜不飲。

   寡:少。兼:並且。比:近來。

2 "顧影"二句:對著自己的影子獨飲而盡,很快就大醉了。

忽：速貌。

3　"既醉"四句：醉了以後，便題幾句自樂；於是詩稿逐
漸積多，其中也沒有個前後的次序。

　　輒：即、便。**紙墨**：指詩稿。**詮次**：次序。

4　"聊命"二句：且請友人書寫，以此作為一種歡笑。

　　爾：語詞，無義。

一

　　本首借邵平事，感歎世事變化無定，人生盛衰不
常，因此應該達觀。

> 衰榮無定在，彼此更共之[1]。
> 邵生瓜田中，寧似東陵時[2]！
> 寒暑有代謝，人道每如茲[3]。
> 達人解其會，逝將不復疑[4]。
> 忽與一樽酒，日夕相歡持[5]。

注釋

1　"**衰榮**"二句：人生的衰、榮變化無定，兩者往往又聯
在一起。

2　"**邵生**"二句：邵平在長安城東種瓜時的處境，絕對不

同於他為東陵侯的時候。

邵生：秦時人邵平。曾為秦的東陵侯，秦亡後為平民，不復仕，在長安城東種瓜。作者過去作過晉參軍、縣令，現在退隱閒居，這裏是用邵平自比，説明人生的衰榮無定。

3　**"寒暑"二句**：人生的衰榮無定像寒來暑往的交替。

代謝：往復更替。來者為代，去者為謝。

4　**"達人"二句**：惟有見識高超、不同流俗的人，才會懂得其中的道理，不再存有疑惑。

達人：見識高超的人。**解其會**：懂得其中的道理。**逝**：發語詞，無義。

5　**"忽與"二句**：趕快給我一樽酒，日夜相持歡飲吧！

二

前首歎人生衰榮無定，本首又引夷、齊，歎天道的無定，認為不必計較善惡的報應，應以固窮守道為正。

> 積善云有報，夷叔在西山[1]。
> 善惡苟不應，何事立空言[2]！
> 九十行帶索，飢寒況當年[3]。
> 不賴固窮節，百世當誰傳[4]。

注釋

1　"積善"二句：人們説積德行善的會有好報，但是積仁絜行的伯夷、叔齊卻餓死在西山。

夷叔：即伯夷、叔齊，商時孤竹君的兩個兒子。孤竹君將死，遺命立叔齊。孤竹君死後，叔齊要讓君位給伯夷，伯夷不肯，於是逃去。叔齊亦不肯就位而逃。後來，周武王平殷亂，天下宗周，而伯夷、叔齊恥之，義不食周粟，隱於首陽山，採薇而食，最後餓死在山上。參見《史記‧伯夷列傳》。**西山**：即首陽山。兩句引用夷、叔積善行仁竟至餓死的事，説明天道無定的道理。

2　"善惡"二句：行善和作惡若沒有報應，為什麼還要立下"有報"這樣的空話？

苟：若，如果。

3　"九十"二句：九十高齡的榮啟期竟窮到以索為帶，飢寒之苦更甚於壯年。

九十：指行年九十的榮啟期。孔子遊於太山，見榮啟期行乎郕（chéng 成）之野，鹿裘帶索，鼓琴而歌。後人稱頌他為固窮守道的貧士。參見《列子‧天瑞》。**帶索**：以索為帶。**況**：甚，比。**當年**：壯年。

4　"不賴"二句：如果不信賴固守貧困的高節，身後百世誰去傳你的名？

固窮節：安貧守道的節操。

三

　　上四句敘事，下六句議論。說大道喪失已久，而世人貪癡，執戀浮名。詩人認為身後浮名不如生前一杯酒，主張及時行樂。

　　身後浮名不如生前一杯酒，似與上篇"百世當誰傳"的說法相矛盾。但從其本質來看，固窮守道，惟酒忘憂，無憂即樂，本是兩篇的基本意思，所以並不矛盾，不可以文害義。

> 道喪向千載，人人惜其情[1]。
> 有酒不肯飲，但顧世間名[2]。
> 所以貴我身，豈不在一生[3]？
> 一生復能幾，倏如流電驚[4]。
> 鼎鼎百年內，持此欲何成[5]！

注釋

1　**"道喪"二句**：大道喪失已久，人人吝惜自己的感情。
　　道：宇宙人生的根本道理。惜其情：意謂無情。惜，
　　吝惜。

2　**"有酒"二句**：他們不肯縱情飲酒，只顧惜世俗中的
　　浮名。

3　"所以"二句：難道我不在自己的一生中去珍惜我的生命？

　　身：指生命。貴：珍重，珍惜。

4　"一生"二句：人的一生能有幾何？快得像電光一閃

　　即過。

　　倏：疾，快。

5　"鼎鼎"二句：人在擾攘短暫的一生中執守浮名，怎麼

　　能成事呢？

　　鼎鼎：擾攘貌。持：執戀。此：指世俗浮名。

四

本首借鳥自比。

通篇用比喻。前六句寫未歸，後六句寫已歸，矢
志不再離去。

　　　栖栖失群鳥，日暮猶獨飛[1]。

　　　徘佪無定止，夜夜聲轉悲[2]。

　　　厲響思清遠，去來何依依[3]。

　　　因值孤生松，斂翮遙來歸[4]。

　　　勁風無榮本，此蔭獨不衰[5]。

　　　託身已得所，千載不相違[6]。

注釋

1 "栖栖"二句：惶惶不安的失群鳥兒，日落了還在獨自
飛翔。

   栖栖：惶惶不安貌。

2 "徘徊"二句：不停地徘徊，沒有棲止、休息，啼叫的
聲音一夜比一夜悲切。

3 "厲響"二句：淒厲的叫聲是在思慕清高深遠的理想境
界，飛來飛去不如何處可以棲宿。

   厲響：淒厲的叫聲。思：思慕。清遠：清高深遠的境
界。何依依：何所依，何處可棲宿。

4 "因值"二句：因為遇到孤生的松樹，所以從遠處來這
裏棲息。

   值：逢遇。斂翮：收起羽膀，意謂停止飛翔。翮，
羽膀。

5 "勁風"二句：本來強風之下沒有茂盛的樹木，惟獨這
孤松的濃蔭卻不凋零。

   兩句意謂時世紛擾，沒有樂土，只有田園才是安居的
地方。

6 "託身"二句：已經有了寄身的地方，那就永遠固守，
不再離去了。

   違：離。

五

本首寫作者遠離塵俗的心境和陶醉於自然的樂趣。

> 結廬在人境，而無車馬喧[1]。
> 問君何能爾？心遠地自偏[2]。
> 采菊東籬下，悠然見南山[3]。
> 山氣日夕佳，飛鳥相與還[4]。
> 此中有真意，欲辨已忘言[5]。

注釋

1 **"結廬"二句**：雖然住在眾人聚居的地方，卻感覺不到車馬的喧鬧。
結廬：寄居的意思。結，簡單的構成。廬，簡單的住處。**人境**：人世群居的地方。**車馬喧**：車馬的喧鬧。這裏指世俗交往的紛擾。

2 **"問君"二句**：為什麼你能如此呢？心既遠離了塵俗，自然就覺得住的地方僻靜了。
問君：詩人自問。**爾**：如此。**偏**：偏僻，僻靜。這兩句是詩人設問自答。
以上四句寫"心遠地自偏"的道理：摒棄官場生活，投有世俗交往的干擾，自然就心地平靜。

3 **"采菊"二句**：在東籬下採摘菊花，悠閒自得地看見南山。

南山：指廬山。

4 **"山氣"二句**：山上晚景非常好看，鳥兒結伴相隨飛回巢去。

山氣：山上的嵐氣，景致。**日夕**：傍晚，《詩經‧王風‧君子于役》"日之夕矣"的省文。

5 **"此中"二句**：在此時此地的情境中，領會著真正的樂趣，想要說出來，卻又不知該如何說了。

真意：真正的樂趣。

以上六句寫欣賞自然景色的悠然自得心情。

六

本首寫自古以來，是非紛紜，而自己卻不計較世俗的是非譽毀，決意隱退而不動搖。

> 行止千萬端，誰知非與是[1]。
> 是非苟相形，雷同共譽毀[2]。
> 三季多此事，達士似不爾[3]。
> 咄咄俗中愚，且當從黃綺[4]。

1　"行止"二句：人的行為有千萬種不同，誰能審察其中
　　的是和非。

2　"是非"二句：胡亂對比是非，舉世毀譽相同。
　　苟相形：隨便對比。**雷同**：沒有主見，隨聲附和。**譽**：
　　讚美。**毀**：誹謗。

3　"三季"二句：夏、商、周三代的末季很多這樣的事
　　情，而見識高超的人就不像他們這樣。
　　三季：指夏、商、周三代之末。**達士**：見識高超、不同
　　流俗者。**爾**：這樣。

4　"咄咄"二句：讓那些世俗愚人驚怪去吧，我且跟從
　　黃、綺去歸隱。
　　咄咄：驚怪聲。**俗中愚**：世俗中的愚人。**黃綺**：秦時的
　　夏黃公、綺里季，與東園公、甪（lù 六）里先生共隱商
　　山，合稱"商山四皓"。參見《高士傳》。

七

本首寫遺忘世俗之情，採菊飲酒，適意自得。

清吳淇《六朝選詩定論》："上章寫自得中帶不得
有為之意，此章寫不得有為帶自得之意。'秋菊' 即
承上章 '采菊東籬'，取其芳潔，與己行相比。" 元
李公煥《箋註陶淵明集》引定齋語："自南北朝以來，

菊詩多矣，未有能及淵明之妙。如‘秋菊有佳色’，
他花不足當此一“佳”字。然通篇寓意高遠，皆由菊
而發耳。”又云：“‘秋菊有佳色’一語，洗盡古今塵
俗氣。”

> 秋菊有佳色，裛露掇其英[1]。
> 汎此忘憂物，遠我遺世情[2]。
> 一觴雖獨進，杯盡壺自傾[3]。
> 日入群動息，歸鳥趨林鳴[4]。
> 嘯傲東軒下，聊復得此生[5]。

注釋

1 “秋菊”二句：秋菊的姿色真美麗，我採摘它帶露的
   花朵。
   裛（yí 泣）露：濡露，帶露。掇：採摘。英：花。這裏
   指菊花。菊花凌秋傲霜，是清高而有節操的花卉。所謂
   “菊，花之隱逸者也。”作者以菊自比。一說：相傳服
   食菊花或飲菊花酒可以長壽，詩人採菊是為了服食。

2 “汎此”二句：縱情盡飲這忘憂酒，讓我遺忘世俗之事。
   汎：浮泛，這裏指斟滿酒。忘憂物：指菊花酒。酒可使
   人忘卻憂愁，故云。遠：使動詞，意謂使我遺俗之情更
   加超遠。遺：遺忘，忘卻。世情：世俗之事。

3 “一觴”二句：雖然獨個兒自斟自飲，但是一杯接著一
   杯，痛飲直到傾壺而盡。

觴：酒器。

4　　"日入"二句：太陽落山，各種生物都棲息了，鳥兒也
　　　啼叫著歸到林中。

　　趨：歸向。

5　　"嘯傲"二句：我倚著東窗嘯歌寄傲，且樂我得到這悠
　　　閒自得的生活。

　　聊：且。**復**：這裏有幾失而再得的意思。詩人離開田園
　　　出仕，謂之失；現在已辭官歸隱，謂之再得。

八

　　作者借孤松為自己寫照，表現自己卓然獨立、高
潔堅貞、不同流俗的人格。

　　明黃文煥《陶詩析義》："七首申言對菊之飲，以
掇英為下酒物，此八首又申言對松之飲，以遠望為下
酒物。菊色佳在浥露，松姿卓在傲霜，菊在東籬，松
在東園，娓娓詳言，相賞但患酒盡。"

> 青松在東園，眾草沒其姿[1]。
> 凝霜殄異類，卓然見高枝[2]。
> 連林人不覺，獨樹眾乃奇[3]。
> 提壺挂寒柯，遠望時復為[4]。
> 吾生夢幻間，何事絏塵羈[5]。

注釋

1 "青松"二句：東園裏的青松，被眾草掩沒了挺拔的
奇姿。

一説"青松"隱喻詩人自己，"眾草"暗指附麗於劉
宋者。

2 "凝霜"二句：冬天的寒霜滅絕了眾草，青松的高枝就
顯得格外挺拔了。

殄（tiǎn 天陽上聲）：滅絕。異類：指與松不同類的眾
草。兩句用眾草凋敗來襯託青松卓然傲霜、高潔堅貞的
奇姿。

3 "連林"二句：成林的樹不為人注意，只有孤松的奇姿
才為眾人所讚賞。

兩句用連林陪寫孤松不同流俗的奇姿。

4 "提壺"二句：有時走近孤松，把酒壺掛在寒枝上，不
時又走到遠處凝望著它。

柯：樹枝。兩句寫對孤松而飲，與孤松有著深厚的感情。

5 "吾生"二句：我的一生就像在夢幻之中，何必把自己
束縛在塵網裏呢？

紲：牽制。塵羈：塵網的束縛。

九

詩人歸隱後，友人曾勸他出仕。據《宋書》本傳

載：義熙末徵著作佐郎，詩人不就。本詩當即紀述此事，為答覆友人勸仕所作。

前幾首寫獨飲，本詩寫共飲。以田父這個虛構人物，用問答的方式，夾敘夾議，表現詩人不願與世俗同流合污的堅決意志。清邱嘉穗《東山草堂陶詩箋》："此詩可與屈子《漁父》一篇參看。"

> 清晨聞叩門，倒裳往自開[1]。
> 問子為誰與？田父有好懷[2]。
> 壺漿遠見候，疑我與時乖[3]。
> "繿縷茅簷下，未足為高栖[4]。
> 一世皆尚同，願君汩其泥[5]。"
> "深感父老言，稟氣寡所諧[6]。
> 紆轡誠可學，違己詎非迷[7]！
> 且共歡此飲，吾駕不可回[8]。"

注釋

1   "清晨"二句：清晨聽到叩門聲，來不及穿好衣裳就急忙去開門。
　　倒裳：顛倒衣裳，形容急忙迎客之狀。語本《詩經·齊風·東方未明》："東方未明，顛倒衣裳。"

2   "問子"二句：問他是哪一位，原來是一位心懷好意的老農。

子：指來訪者田父。田父：老農。好懷：好情意。

3 "壺漿"二句：老農提著壺酒遠道而來問候，他責怪我與時世不能相合。

壺漿：壺酒。見候：問候。疑：怪。乖：不合。

4 "襤褸"二句：穿著破爛的衣服住在茅屋裏，這不是值得你棲息的好地方。

襤褸（lán lǔ 藍呂）：衣服破爛，形容貧窮。高栖：美好的棲息地。

5 "一世"二句：現在整個世間的風尚都是這樣，希望你也將就隨和一點。

尚同：謂社會風氣以與世俗同流為貴。汨（gǔ 骨）其泥：把泥水攪混。即同流合污的意思。汨，同"淈"，攪濁。語本《楚辭·漁父》："世人皆濁，何不淈其泥而揚其波？"

以上四句是田父的好言相勸。

6 "深感"二句：深深感謝你的好言相勸，可是我生來就缺少同世俗苟合的性情。

稟氣：天性，天生氣質。寡所諧：少有合得來。

7 "紆轡"二句：迴車改道誠然可學，但是違背自己的意志豈不糊塗？

紆轡：迴車。比喻改變本意。這裏指改變隱居的本意而出仕。詎：豈。迷：糊塗。

8 "且共"二句：且來一起歡飲，但我的車駕是不可能回頭的。

以上六句是詩人回答田父的話，對田父的相勸毅然拒絕。

十

晉安帝元興三年（404），陶淵明曾離家出仕，做過鎮軍將軍劉裕的參軍。本詩是追寫他這次為貧窮飢餓所驅使而出去做官的情形，以及辭官歸隱的本意。明黃文煥《陶詩析義》："題序是'閒居獨飲'，此追昔遠遊風波，方歸閒居，閒居即寡歡，豈易得哉？是不可不飲根由。"

在昔曾遠遊，直至東海隅¹。
道路迥且長，風波阻中塗²。
此行誰使然？似為飢所驅³。
傾身營一飽，少許便有餘⁴。
恐此非名計，息駕歸閒居⁵。

注釋

1　**"在昔"二句**：過去我曾經有過遠遊，一直到達東海附近。
　　遠遊：遠行。這裏指離家出仕。**東海隅**：指曲阿，在今江蘇省丹陽縣，晉時屬南東海郡。陶淵明作劉裕的參軍時，曾經過曲阿往丹徒。
2　**"道路"二句**：道路漫長，途中還有不少的風波阻隔。
　　迥：遠。**塗**：同"途"。

3 “此行”二句：是誰使我這次遠行出仕呢？似乎是貧窮飢餓的驅使。

清吳瞻泰輯《陶詩彙註》卷三：“‘此行誰使然？’，問得冷，妙。‘似為飢所驅。’答得詼諧，卻妙在一‘似’字，若非己所得主者。”

4 “傾身”二句：人們要盡力去謀求一飽，其實只需些少東西我就覺得有餘了。

營：營求。

5 “恐此”二句：恐怕這樣不是保持名聲的辦法，所以我停下車駕不再出仕，歸家閒居。

名：聲名。息駕：停車，指不再遠行出仕。

十一

本詩是憤世之言，謂名不足賴，身不足惜，稱心最為貴，表達了詩人自己不慕身後名的志趣。日本近藤元粹評訂《陶淵明集》卷三：“滿腹不平，敘來有溫厚平和之致。”

前八句說名不足賴，從正面論述“稱心為好”；後四句說身不足惜，從反面申解“稱心為好”。

前首說“恐此非名計”，本首說留名亦枯槁，似是矛盾。但是，前首之意是警惕自己，不可折腰去營謀飽食，而敗壞名聲；本首則在前首基礎上進一步寫自己辭官歸隱、守困長飢，並非為了獵取世俗虛名。
前後兩首是互相翻承，並非互相矛盾。

> 顏生稱為仁，榮公言有道。
> 屢空不獲年，長飢至於老[1]。
> 雖留身後名，一生亦枯槁[2]。
> 死去何所知，稱心固為好[3]。
> 客養千金軀，臨化消其寶[4]。
> 裸葬何必惡，人當解意表[5]。

注釋

1　**"顏生"四句**：顏回被稱為賢人，人說榮啟期有道；可
是顏回短命早死，榮啟期到老備受飢寒。
顏生：春秋魯國人，字子淵，亦稱顏淵，孔子的弟子。
敏而好學，不遷怒，貧居陋巷，簞食瓢飲，不改其樂，
孔子稱他為賢。參見《論語‧雍也》。**榮公**：即榮啟
期。參見《飲酒》之二注 3（頁 077）。**屢空**：經常窮
困無物。**不獲年**：不長壽，早死。顏回二十九歲便死。
長飢至於老：榮啟期九十歲還受飢寒，以索為帶。兩句
意謂顏回、榮啟期是以名為貴。
2　**"雖留"二句**：雖然在後世留下美名，可是一生卻是不
幸的。
枯槁：枯乾。

3　"死去"二句：人死後什麼都不知道了，生前能稱心如意當然最好。

　　兩句意謂身後名不足惜。

4　"客養"二句：人們保養他那寶貴的身體，但這寶貴的身體死後便會消滅掉。

　　客養：如待賓客那樣奉養（自己的身體）。**千金軀**：貴如千金的軀體。**臨化**：指死。**寶**：寶貴的軀體。兩句意謂身不足惜。

5　"裸葬"二句：死後裸身而葬沒有什麼可憎惡的，人們應當理解這種做法的真正意義。

　　裸葬：裸身而葬。《漢書・楊王孫傳》：前漢楊王孫學黃老之術，家業千金，厚自奉養生，臨終，令其子曰："吾欲裸葬，以反吾真，必亡易吾意。死則為布囊盛屍，入以地七尺，既下，從足引脫其囊，以身親土。"其子遂裸葬。**惡**（wù 污陰去聲）：厭惡，可怕。**意表**：言外之意，真正的意義。

十二

　　第一首貶駁邵平，謂邵平無可奈何而種瓜；本首則推尊張摯、楊倫自甘辭官而不出。這是借古人寫自己辭彭澤令而歸隱，表達自己再不復出的本懷。清溫汝能纂集《陶詩彙評》卷三："篇中引用二子，淵明蓋以自況，辭近牢騷。末數語頗有傲世之意。"

長公曾一仕，壯節忽失時[1]。

杜門不復出，終身與世辭[2]。

仲理歸大澤，高風始在茲[3]。

一往便當已，何為復狐疑[4]！

去去當奚道，世俗久相欺[5]。

擺落悠悠談，請從余所之[6]。

注釋

1 "長公"二句：張摯曾經出去做過官，他的大節很快便
   與時俗相違。
   長公：即西漢張摯。《漢書·張釋之傳》："張摯，張釋
   之子，字長公，官至大夫，免。以不能取容當世，故終
   身不仕。"

2 "杜門"二句：他從此辭官歸家，閉門不出，終生與世
   俗隔絕。
   杜門：閉門。

3 "仲理"二句：楊倫辭官歸去大澤講學授徒，他的崇高
   品行從此為人所傳頌。
   仲理：即楊倫，東漢時人。《後漢書·楊倫傳》："楊
   倫……為郡文學掾。更歷數將，志乖於時，不能人間
   事，遂去職，不復應州郡命。講授於大澤中，弟子至千
   餘人。元初中，郡禮請，三府並辟，公車徵，皆辭疾不
   就。"高風：高尚的風格、品行。茲：此。

4　"一往"二句：辭官隱退，一去便罷了，為什麼還猶
　　豫呢？

　　往：過去。已：這裏謂罷了。狐疑：猶豫。

5　"去去"二句：丟開它吧，還有什麼可説的，世俗從來
　　是互相欺詐的。

　　曹植《雜詩》："去去莫復道，沉憂令人老。"

6　"擺落"二句：擺脱世俗追求榮名的無稽之談，按照我
　　現在這樣去生活。

　　悠悠：謬悠，無稽。兩句表示不願意再出仕的態度。

十三

　　詩人以詼諧的筆調，寫兩個同住的人，一醒一
醉，指出醒者非真醒而實愚，醉者非醉而偏聰。"此
二客皆非世中之人，而淵明尤以醉者為得，誠見世事
之不足問，不足校論"。（清馬墣《陶詩本義》卷三）
這是詩人託意於飲酒，慨歎世俗庸愚之人可憐而不醒
悟，表達自己厭觀世事的思想。

　　　有客常同止，取舍邈異境[1]。
　　　一士常獨醉，一夫終年醒[2]。
　　　醒醉還相笑，發言各不領[3]。
　　　規規一何愚，兀傲差若穎[4]。
　　　寄言酣中客，日沒燭當秉[5]。

注釋

1　**"有客"二句**：有兩人經常同住在一起，兩人的志趣趨向卻迥然不同。

　　止：居住。**取舍**：取捨，趨向。指出仕與隱退。**邈異境**：迥然不相同的境界。

2　**"一士"二句**：一個經常獨自醉酒，一個整年醒著。

3　**"醒醉"二句**：醒者和醉者互相談笑，但是各人都不領會對方的説話。

　　不領：不領會。

4　**"規規"二句**：謹小慎微的醒者實在很愚蠢，而那醉酒自得者卻比他聰慧。

　　規規：小心謹慎貌。**兀傲**：意氣凌厲貌。**差若穎**：比較聰慧。穎，聰慧。**"兀傲"**句也是詩人自況。

5　**"寄言"二句**：傳語給飲酒為樂的人，日落後更應秉燭夜飲。

　　酣：飲酒而樂。**秉燭**：點起蠟燭。意謂日夜不停。

十四

　　第九首寫田父邀飲，本首寫故人就飲。"一疑我乖，一賞我趣，一異調之飲，一同調之飲。"（明黃文煥《陶詩析義》卷三）

　　本首寫從飲酒中所得的物我相忘的樂趣。

故人賞我趣，挈壺相與至¹。

班荊坐松下，數斟已復醉²。

父老雜亂言，觴酌失行次³。

不覺知有我，安知物為貴⁴。

悠悠迷所留，酒中有深味⁵。

注釋

1 "故人"二句：舊友讚賞我的志趣，提壺來和我一起
   飲酒。
   挈壺：提壺。

2 "班荊"二句：用黃荊鋪地坐在松樹下，飲幾杯便已
   醉了。
   班荊：用黃荊鋪在地上，形容舊友相逢，共話舊情。
   班，分佈，鋪開。荊，黃荊，一種落葉灌木。語本《左
   傳·襄二十六年》："楚伍舉與聲子相善。伍舉奔鄭，將
   遂奔晉。聲子將如晉，遇之於鄭郊。班荊相與食，而言
   復故。""班荊道故"成語出此。

3 "父老"二句：村中的長者醉得言語雜亂，進酒勸酒也
   亂了輩數。
   觴酌：進酒勸飲。

4 "不覺"二句：已經醉到不知道有我存在，哪裏還覺得
   身外有物值得珍愛？
   貴：珍愛。

5 **"悠悠"** 二句：悠悠然沉迷在所留戀的酒味中，因為酒中自有深味。

留：清方東樹云："留，止也。即指酒。"

十五

本首感歎時光易逝，自己老之將至，素志不展，無可奈何，只好安於命運的安排。

> 貧居乏人工，灌木荒余宅[1]。
> 班班有翔鳥，寂寂無行迹[2]。
> 宇宙一何悠，人生少至百[3]。
> 歲月相催逼，鬢邊早已白[4]。
> 若不委窮達，素抱深可惜[5]。

注釋

1 **"貧居"** 二句：家居貧困，沒有功夫去料理雜事，叢生的雜樹使我的房子四周顯得很荒涼。

2 **"班班"** 二句：附近只有鳥兒飛翔，路上卻寂然無人。

班班：分明貌。

3 **"宇宙"** 二句：宇宙無限長遠，而人生卻很少有長壽百歲的。

悠：遠，長。百：百歲。

4　"歲月"二句：歲月催人老去，我的鬢邊早已斑白。

5　"若不"二句：倘若不聽任命運的安排，喪失素志，就很可惜了。

　　委：聽隨，聽任。窮達：指命運，自然。素抱：素志。

十六

　　本首寫作者少有壯志，老而無成，而且飢寒交迫，生活困苦，感慨自己的志趣無人賞識。"篇中字法一氣串下，年四十而遂無成，故不得不守窮飲酒，而思孟公爾。"（清溫汝能纂集《陶詩彙評》）

　　少年罕人事，游好在六經[1]。
　　行行向不惑，淹留遂無成[2]。
　　竟抱固窮節，飢寒飽所更[3]。
　　敝廬交悲風，荒草沒前庭[4]。
　　披褐守長夜，晨雞不肯鳴[5]。
　　孟公不在茲，終以翳吾情[6]。

注釋

1　"少年"二句：少年時很少交遊，愛好鑽研六經。

罕：少。**人事**：指社會交遊。**游好**：愛好。**六經**：指
《詩》、《書》、《禮》、《樂》、《易》、《春秋》，是儒家
講修身治國之道的經典。

2　**"行行"二句**：年紀將近四十，仍然沒有成就。

　　行行：漸漸。**不惑**：指四十之年。語出《論語・為
政》："子曰：'吾十有五而志於學，三十而立，四十而
不惑。'"後人稱四十歲為不惑之年。**淹留**：久留。

3　**"竟抱"二句**：抱著安處貧困的節操，飽受那飢寒的
生活。

　　固窮節：安處貧困的節操。**更**：經歷。

4　**"敝廬"二句**：淒厲的冷風吹打著破舊的房屋，野草荒
沒了前庭。

　　敝廬：破舊的房屋。**悲風**：淒厲之風。一說比喻世亂。

5　**"披褐"二句**：冷得睡不著覺，披衣起來守長夜，但是
晨雞偏偏不肯啼叫報曉。

　　褐：粗布短衣。**晨雞不肯鳴**：意謂長夜漫漫。一說指時
政的黑暗。

6　**"孟公"二句**：現在沒有像孟公那樣能知人的人，我只
好把內心的真情掩蓋起來。

　　孟公：東漢劉龔，字孟公。參見《後漢書・蘇竟傳》。
又據《高士傳》說，當時有高士張仲蔚，學問弘博，隱
身不仕，家貧，住處蓬蒿沒人，時人皆不注意，只有劉
龔知道他的才德。**翳（yì）**：遮蓋。兩句以張仲蔚比喻自
己，感歎無人了解。

十七

　　詩人為彭澤令時，有"悵然慷慨，深愧平生"之語，所謂"失故路"。本詩借幽蘭以自喻，說過去出仕是失路，現在歸隱是知還，"覺今是而昨非"。

> 幽蘭生前庭，含薰待清風[1]。
> 清風脫然至，見別蕭艾中[2]。
> 行行失故路，任道或能通[3]。
> 覺悟當念還，鳥盡廢良弓[4]。

注釋

1　"幽蘭"二句：生長在前庭的幽蘭，含香未開，等待著清風來。

　　含薰：含著香氣。

2　"清風"二句：清風徐徐地吹來了，蘭香便從惡草中區分出來。

　　脫然：舒徐貌。見：被。別：辨別。蕭艾：惡草。

3　"行行"二句：走著走著離開了原來的道路，看來任著本性才能行得通。

　　兩句意謂出仕是失去"故路"，歸隱又有再回故路之感。

4　"覺悟"二句：覺悟過來就該回復舊路，飛鳥盡了便把好的弓箭收藏起來。

鳥盡廢良弓：語本《淮南子·説林》：“狡兔得而獵犬烹，高鳥盡而強弩藏。”《史記·淮陰侯傳》“強弩”作“良弓”。當時正是晉宋易代前夕，劉裕勢力已固，誅殺異己之事甚多。這是詩人借殺獵狗、廢良弓之詞來比喻仕途險惡，時時都有廢弓之慘。説明自己歸隱的本意。

十八

本詩以揚雄家貧嗜酒，問學者載酒從遊引起，次及柳下惠不肯談伐國，結以不“失顯默”。這是借古人作比喻，曲折地表達詩人自己對當時朝政的不滿和反對。

> 子雲性嗜酒，家貧無由得[1]。
> 時賴好事人，載醪祛所惑[2]。
> 觴來為之盡，是諮無不塞[3]。
> 有時不肯言，豈不在伐國[4]。
> 仁者用其心，何嘗失顯默[5]。

注釋

1　“子雲”二句：子雲性好飲酒，但家裏貧窮，經常沒有酒飲。

子雲：西漢揚雄，字子雲，家貧嗜酒。人稀至其門，當時有好事者攜酒向他問學。**無由得**：無從得酒。

2 **"時賴"二句**：當時有好事的人，攜酒來向他問學以求解惑。

載：攜。**祛所惑**：解除疑惑。

3 **"觴來"二句**：酒來即飲，凡所詢問的無不解答得很完滿。

觴：進酒勸飲。**是諮**：凡是所問的。**塞**：滿。這裏是解答使人滿意的意思。

4 **"有時"二句**：有時問到伐國的事情，他卻不肯說了。《漢書‧董仲舒傳》載：春秋時魯君將伐齊，魯君問柳下惠，柳下惠答道："不可"。柳下惠歸後歎息曰："伐國不問仁人，此言何為至哉！"以被問伐國這樣的不仁之事為羞恥。這裏寫子雲絕口不談伐國這樣不義的事情，其實是說子雲嚮慕柳下惠的仁者風節，反對伐國之事。這是詩人借古人以自比。當時正是晉宋易代前夕，劉裕舉兵，與"伐國"相似。詩人借此二句，對當時的朝政從側面表示不滿和反對。

5 **"仁者"二句**：仁人不管是出仕或隱居，都同樣以仁為用心。

顯：出仕的時候。**默**：歸家隱居的時候。

十九

　　本首是詩人追述自己過去託身仕途，走了歧路的痛苦，表達了歸後獨飲的自樂自慰心情。

> 疇昔苦長飢，投耒去學仕[1]。
> 將養不得節，凍餒固纏己[2]。
> 是時向立年，志意多所恥[3]。
> 遂盡介然分，拂衣歸田里[4]。
> 冉冉星氣流，亭亭復一紀[5]。
> 世路廓悠悠，楊朱所以止[6]。
> 雖無揮金事，濁酒聊可恃[7]。

注釋

1　**“疇昔”二句**：過去因為受飢餓之迫，曾經放棄耕作去學做官。

　　疇昔：往昔，過去。**投耒**：放下農具。意謂棄農。耒，是耜（古時掘土用的犁）的木柄。

2　**“將養”二句**：為養活自己而出仕會損害節操，但呆在家裏又被飢寒緊緊纏繞著。

　　將養：養活自己。**餒**：飢餓。

3　**“是時”二句**：那時我年近三十，心裏總覺得這樣做很可恥。

向立年：即近三十歲。向，將近。立年，語本《論語·為政》："三十而立"，指三十歲。陶淵明二十九歲時出仕為江州祭酒。志意：自己的意願。

4　"遂盡"二句：於是我就盡到耿介不阿的本分，掃掃衣上的塵土就回家裏去了。

介然分：指介然之節。

5　"冉冉"二句：時光的流逝像星流一樣迅速，辭官歸田不覺又過了十二年。

冉冉：行貌。星氣流：即星流。形容時光的急速變化。亭亭：遠貌。一紀：即十二年。歲星一周為十二年，稱一紀。本詩作於義熙丁巳（417），詩人辭去彭澤令歸田在義熙元年乙巳（405），剛好相隔十二年，所以稱為"一紀"。

6　"世路"二句：世路這樣渺遠，所以楊朱見到歧路便止步不前。

廓：空。悠悠：渺遠。楊朱：字子居，戰國衛人。語本《淮南子·説林》："楊子見逵路而哭之，為其可以南，可以北。"

7　"雖無"二句：雖然我做不到揮金設宴邀請賓客歡飲，但是濁酒且可相慰。

揮金事：西漢疏廣，字仲翁。官至太傅，功成身退。退歸鄉里後，以皇帝所賜金帛，每日設盛宴，請族人故舊賓客相飲娛樂。參見《漢書》本傳。聊：且。恃：依賴。

二十

　　本首讚揚孔子及漢儒，慨歎當世道義淪亡，惟有藉飲酒來排遣憂世的心情。

　　本首收束二十首。最後兩句，以“醉人”回應“飲酒”，章法完整。

> 義農去我久，舉世少復真[1]。
> 汲汲魯中叟，彌縫使其淳[2]。
> 鳳鳥雖不至，禮樂暫得新[3]。
> 洙泗輟微響，漂流逮狂秦[4]。
> 詩書復何罪？一朝成灰塵[5]。
> 區區諸老翁，為事誠殷勤[6]。
> 如何絕世下，六籍無一親[7]。
> 終日馳車走，不見所問津[8]。
> 若復不快飲，空負頭上巾[9]。
> 但恨多謬誤，君當恕醉人[10]。

注釋

1　“義農”二句：伏羲、神農距離我們已相當久遠，當今世上很少有那種淳樸的風俗了。

　　義農：傳說中的上古帝王伏羲氏和神農氏。據說當時風俗淳樸。這裏用來指那種淳樸的社會風氣。**復**：再。
真：指真淳、質樸的風氣。

2 　"**汲汲**"二句：孔子努力去補救，使衰敗的風氣回復真淳質樸。

　　汲汲：勤勞貌。**魯中叟**：指孔子，春秋魯人。**彌縫**：補救。**淳**：淳樸。

3 　"**鳳鳥**"二句：象徵著太平盛世的鳳鳥雖然沒有出現，但禮樂經過孔子的整理又煥然一新。

　　鳳鳥：古代相傳天下太平則鳳鳥出現。孔子所處的時代，因周初傳下來的禮樂已經崩壞，孔子曾歎息"鳳鳥不至"。

4 　"**洙泗**"二句：孔子死後再也聽不到精妙的言論了，時光流逝到了狂暴的秦代。

　　洙泗：魯國境內的兩條水名，在今山東曲阜縣北。孔子曾在洙、泗之間設教。這裏借代孔子的學説。**輟**：停止。**微響**：精微要妙的言論。**漂流**：喻時間流逝。**逮**：至。

5 　"**詩書**"二句：《詩》、《書》有什麼罪呢？秦始皇一日就把它燒成了灰塵。

　　詩書：即《詩經》、《尚書》。**成灰塵**：指秦始皇燒詩書百家語事。參見《史記·秦始皇本紀》。

6 　"**區區**"二句：伏生等幾位老翁，仍然勤謹地傳授經學。

　　區區：勤謹奉持貌。**諸老翁**：指伏生、申培、轅固生、韓嬰諸儒。兩句指漢初諸儒傳授經學之事。九十六歲的儒生伏生，尚以收藏在牆壁裏的《尚書》殘卷教於齊魯之間，七八十歲的申培、轅固生、韓嬰等人，也出來傳授《詩經》。

7　"如何"二句：到了當今衰世，怎麼再無一人去親近六經了呢？

　　絕世下：衰世之下。**六籍**：指《詩》、《書》、《禮》、《樂》、《易》、《春秋》。按魏、晉的文人，崇尚老子、莊子的玄學，廢棄了六經。**親**：親近。

8　"終日"二句：世人終日馳車奔走以趨勢利，看不到像孔子之徒那樣關心治世的問津者。

　　津：渡口。孔子曾使子路向長沮、桀溺問津。參見《論語·微子》。詩人以長沮、桀溺自比，歎息當時無孔子之徒，再無人探求治世之道。

9　"若復"二句：如果再不痛快地飲酒，就會白白地辜負頭上的儒巾。

　　頭上巾：指儒生所戴的方巾。《南史·隱逸傳》說陶淵明曾取"頭上葛巾漉酒"。

10　"但恨"二句：只恨自己的言行有很多錯誤，希望您諒解我這個醉人。

　　兩句是感慨託諷的話，恐怕得罪人，因此託言醉人，以自掩飾。

有會而作 并序

這是詩人晚年之作。

詩人歸田以後，雖然親身參加農事勞動，但不斷遭受災害，生活愈來愈困苦。憂憤、飢寒、勞累經常折磨著詩人，但他始終安處貧困，保持高節。

本詩極寫荒年的飢餒，讚揚不食"嗟來之食"的古人，表示自己師法古人、固守貧窮的決心。

有會而作：即有感而作。

舊穀既沒，新穀未登 [1]，頗為老農，而值年災 [2]，日月尚悠，為患未已 [3]。登歲之功，既不可希 [4]，朝夕所資，煙火裁通 [5]；旬日已來，始念飢乏 [6]。歲云夕矣，慨然永懷 [7]。今我不述，後生何聞哉 [8]！

弱年逢家乏，老至更長飢 [9]。
菽麥實所羨，孰敢慕甘肥 [10]！
惄如亞九飯，當暑厭寒衣 [11]。
歲月將欲暮，如何辛苦悲 [12]。
常善粥者心，深念蒙袂非 [13]。
嗟來何足吝，徒沒空自遺 [14]。

斯濫豈攸志，固窮夙所歸 [15]。

餒也已矣夫，在昔余多師 [16]。

注釋

1　"舊穀"二句：既無積存的舊穀，新穀又未成熟。

　　未登：未登場，未成熟。

2　"頗為"二句：久為老農，偏偏碰上災年。

　　頗：久。

3　"日月"二句：新穀收成還要很長時間，眼前的災荒還

　　沒有盡頭。

　　日月尚悠：時間尚長。悠，長。**患**：災患。**未已**：

　　未盡。

4　"登歲"二句：對於年終新穀成熟的收穫，我不敢抱有

　　希望。

　　登歲：年終新穀登場。**功**：收穫。

5　"朝夕"二句：現在是僅能維持日常生活的所需，不至

　　斷炊。

　　朝夕所資：日常所需。**裁通**：僅通。裁，才。

6　"旬日"二句：近日以來，開始感到飢乏。

7　"歲云"二句：已近年終，只好感慨長歎。

　　歲云夕矣：時近年終。**永懷**：深感。

8　"今我"二句：我現在不把這些飢餒的酸楚記述下來，

　　後代子孫怎麼會知道呀！

　　後生：後代子孫。

9 "弱年"二句：少年時家境貧困，老來更是經常挨餓。
　弱年：弱冠之年。這裏指少年時。家乏：家境貧困。
　長：經常。

10 "菽麥"二句：有菽麥充飢已經是不錯了，哪敢去羨慕
　美味！
　菽：豆。甘肥：美味。

11 "怒如"二句：經常挨餓，僅次於子思那三旬九食的情
　況。沒有衣服換季，暑天還可厭地穿著冬天的寒衣。
　怒（nì匿）：飢意。亞：僅次於。九飯：孔子弟子子思，
　在衛國居住時，生活十分困難，三旬只有九餐飯食。

12 "歲月"二句：已將近歲末了，為什麼還要被折磨得這
　樣悲慘？

13 "常善"二句：我常常稱讚那荒年施粥人的慈善心腸，
　深感那不食嗟來之食的人的不是。
　善：讚美。粥者心：指荒年施粥賑濟飢民那些慈善者的
　心腸。《禮記·檀弓》載：一年，齊國大飢荒，黔敖準
　備了些食物放在路邊，等待受災的人來吃。有一個用
　衣袖遮眼的飢民走來，黔敖就衝著他吆喝道："嗟！來
　食！"那飢民睜大眼睛瞪著黔敖說："我就是因為不吃
　嗟來之食，才餓到這個樣子的。"黔敖當即道歉，但那
　飢民堅決不吃，終於餓死。蒙袂：指用衣袖遮眼、不食
　嗟來之食的飢民。非：不是，不對。兩句是反語，表示
　憤慨。

14 "嗟來"二句：嗟來之食有什麼值得憎恨，何必徒然去
　餓死呢？

嗟（jiē 遮）：表示鄙斥的詞語。**吝**：恨。**徒**：空。**沒**：
這裏指死去。**自遺**：自失。兩句也是反語。

15　**"斯濫"二句**：做小人豈是我的願望？安處貧窮才是我
向來的志願。

斯濫：濫溢為非，不自檢束。指小人。語本《論語·衛
靈公》："君子固窮，小人窮斯濫矣。"**攸志**：所願。**固
窮**：安處貧窮。指君子。**夙**：從前，很久。

16　**"餒也"二句**：飢餓就讓它飢餓吧，古時值得我學習效
法的人很多。

餒（něi 女）：飢餓。**已矣夫**：語氣詞。**師**：指值得學習
效法的人。

擬古九首

　　詩人隱居後，正逢晉、宋易代。他感慨世事的多變，追昔傷今，有所難言，所以以"擬古"為題寫作。內容多是憂國傷時，追慕節義，以及對追求榮華富貴者的諷刺，寄託自己的感慨。

　　詩中情思婉曲，辭旨纏綿，詞多託諷。

一

　　本首寫遊子出門結客，負約不歸，感慨時人輕率相交，薄於信義。

　　　榮榮窗下蘭，密密堂前柳[1]。
　　　初與君別時，不謂行當久[2]。
　　　出門萬里客，中道逢嘉友[3]。
　　　未言心先醉，不在接杯酒[4]。
　　　蘭枯柳亦衰，遂令此言負[5]。
　　　多謝諸少年，相知不忠厚[6]。
　　　意氣傾人命，離隔復何有[7]。

注釋

1 **"榮榮"** 二句：窗下的蘭花長得茂盛，前庭的柳樹長得
   繁密。
   兩句寫遊子離家時的庭前景物，託蘭、柳起興。

2 **"初與"** 二句：您和我最初分別時，說遠行不會很久。
   君：指遊子。

3 **"出門"** 二句：離開家門，客遊萬里外，在途中結交了
   好朋友。
   萬里客：在萬里外作客。**中道**：途中。**嘉友**：好友。

4 **"未言"** 二句：一見立即傾心，不用接杯飲。
   醉：猶傾倒。**接杯酒**：意指相飲言歡。兩句言遊子輕率
   地結交了新朋友。

5 **"蘭枯"** 二句：窗下蘭已枯萎，庭前柳也已衰敗，遊子
   因結識新交而違背了臨別時的約言。
   遂：因，於是。**此言**：指臨別時的約言。**負**：違背。

6 **"多謝"** 二句：應該要辭謝這些少年的"嘉友"，輕率的
   結交是不忠誠的。
   忠厚：誠篤敦厚。

7 **"意氣"** 二句：一時意氣可以為相交傾命，但是離別之
   後還會思念嗎？
   傾人命：犧牲人命。**離隔**：離別。

113

二

　　詩人託言遠訪漢末的義士田子泰，表示自己對義士的企慕，要繼承節義的遺風；同時，諷刺那些追求榮華富貴、不顧節義的"狂馳子"。

　　辭家夙嚴駕，當往至無終[1]。
　　問君今何行？非商復非戎[2]。
　　聞有田子泰，節義為士雄[3]。
　　斯人久已死，鄉里習其風[4]。
　　生有高世名，既沒傳無窮[5]。
　　不學狂馳子，直在百年中[6]。

注釋

1　**"辭家"二句**：早起裝好車駕準備離家，要到無終那個地方去。
　　夙：早晨。**嚴駕**：裝備好車駕。**無終**：地名。今河北省薊縣。

2　**"問君"二句**："請問你現在為什麼要離家遠行？""不是去經商也不是去從軍。"
　　商：經商。**戎**：從軍。兩句是設為問答之辭。

3　**"聞有"二句**：聞說有個田子泰很有節義，是士中的傑出人物。

114

田子泰：名疇，字子泰，東漢右北平無終（今河北薊縣）人。當時董卓遷獻帝於長安。幽州牧劉虞遣疇往長安朝見獻帝。道路阻隔，好不容易才到達長安。詔拜騎都尉，疇固辭不受。當他回去時，劉虞已為公孫瓚所殺，他仍到劉虞墓前去拜謁，哭泣致哀，不屈於公孫瓚。後北歸，隱於徐無山中，歸附者五千多人。參見《三國志·魏志·田疇傳》。因田子泰不事二主，後世便稱他為有節義者。詩人的生平與田子泰類似。劉裕滅晉，詩人不肯事宋，歸隱不出，與田子泰隱於徐無山中同一心情。

4　“斯人”二句：田子泰早已死去，但鄉里人還保持了他的遺風。

　　斯人：此人，指田子泰。風：指節義的遺風。

5　“生有”二句：他生前在世上名聲很高，死後人們對他傳頌無窮。

　　沒：死去。

6　“不學”二句：不學那些瘋狂地追求榮華富貴的人，他們只不過是在生前榮耀一時。

　　狂馳子：急切地追求榮華富貴的人。直：僅，只。百年中：指活著的時候。兩句意謂狂馳子死後不會有人去傳頌他們。

三

本首寫燕子不為門庭荒蕪而背棄舊巢。

劉裕篡晉立宋，當世之士多附從，如蟄蟲草木赴雷雨；而詩人則獨惓晉室，如新燕戀舊巢，雖然門庭荒蕪，仍不背棄。

仲春遘時雨，始雷發東隅[1]。
眾蟄各潛駭，草木從橫舒[2]。
翩翩新來燕，雙雙入我廬[3]。
先巢故尚在，相將還舊居[4]。
自從分別來，門庭日荒蕪[5]。
我心固匪石，君情定何如[6]。

注釋

1 **"仲春"二句：**仲春二月降春雨，春雷聲響在東邊。
   仲春：春季二月。**遘：**逢。**雷：**這裏暗喻晉宋易代，天地更變。**東隅：**東邊。

2 **"眾蟄"二句：**潛藏冬眠的蟄蟲受到驚動，草木的枝葉縱橫地伸展。
   蟄：蟄蟲。暗喻附勢之士。**駭：**驚動。**從橫：**即縱橫。**舒：**伸展。

3 **"翩翩"二句：**剛歸來的燕子輕輕地飛舞，雙雙飛入我的屋裏。

翩翩：輕飛貌。

4　**"先巢" 二句**：老巢仍舊存在，燕子相隨飛回舊時居住的地方。

　　先巢：老巢。**故**：仍舊。**相將**：相隨。**舊居**：指老巢。以上四句借燕子戀舊巢，比喻自己獨惓晉室。

5　**"自從" 二句**：自從同你們分別以後，我的門庭日漸荒蕪。

6　**"我心" 二句**：我歸隱之心堅定不移，石也不能比，你的想法究竟怎樣呢？

　　固：堅定不移。**匪石**：《詩經·邶風·柏舟》："我心匪石，不可轉也。" 匪，非。**君**：稱燕子。兩句託詞問燕。

四

　　借登高弔古，歎榮華之不久，諷喻當世之士，不立節義，只知爭奪功名，可悲可憐。

> 迢迢百尺樓，分明望四荒 [1]。
>
> 暮作歸雲宅，朝為飛鳥堂 [2]。
>
> 山河滿目中，平原獨茫茫 [3]。
>
> 古時功名士，慷慨爭此場 [4]。
>
> 一旦百歲後，相與還北邙 [5]。

松柏為人伐，高墳互低昂 [6]。

頹基無遺主，遊魂在何方 [7]！

榮華誠足貴，亦復可憐傷 [8]。

注釋

1　“迢迢”二句：登上高高的百尺樓，遠望四野十分清楚。

　　迢迢：遠貌。百尺：喻高。分明：清楚。荒：野。

2　“暮作”二句：高樓晚上成為白雲歸來的住宅，早晨又成為飛鳥聚集的廳堂。

　　歸雲宅：説明樓高。飛鳥堂：説明樓空，荒廢無人迹。

3　“山河”二句：山河盡收眼底，平原茫茫一片。

　　茫茫：廣闊無邊際。

4　“古時”二句：古時那些追逐功名的人，曾經慷慨激昂地爭奪過這片山河。

　　功名士：爭奪功名之士。場：指山河。

5　“一旦”二句：這些人一旦死去，全都葬在北邙山。

　　百歲：壽終死去。北邙（máng 忙）：即北邙山，在河南洛陽市東北。漢、魏、晉的君臣死後，多葬於此山。這裏借指墳墓。

6　“松柏”二句：年長月久，那墓地上的松柏被人砍去作柴，墳頭也變得高低不齊。

　　低昂：高低不齊。

7　“頹基”二句：墳基倒塌，沒有後代來管理，死者的遊魂也不知在何方。

頹基：傾塌的墓基。**遺主**：死者的後代。

8　　**"榮華"二句**：生前的榮華富貴誠然值得珍貴，但是死後又十分可悲、可憐！

足：值得。兩句意謂生前爭奪功名的人，死後萬事皆空，連墳墓也保存不住。

五

這一首是設言自寓，借古代隱士以喻自己平生固窮守節的意志堅定不移。

> 東方有一士，被服常不完[1]。
>
> 三旬九遇食，十年著一冠[2]。
>
> 辛勤無此比，常有好容顏[3]。
>
> 我欲觀其人，晨去越河關[4]。
>
> 青松夾路生，白雲宿簷端[5]。
>
> 知我故來意，取琴為我彈[6]。
>
> 上絃驚別鶴，下絃操孤鸞[7]。
>
> 願留就君住，從今至歲寒[8]。

注釋

1　"東方"二句：東方有一位隱士，經常穿著破爛的衣服。
　　被：穿，著。**不完**：不完整，破爛。

2　"三旬"二句：三旬才有九餐食，長年受飢；十年還戴
　　著那頂破帽。
　　三旬：一旬為十天，三旬為一個月。語本《説苑‧立
　　節》：孔子的門徒子思在衛國居住時，三旬九食。"三
　　旬"、"九食"、"十年"的"三"、"九"、"十"，都是
　　虛數，形容經常挨飢受凍。

3　"辛勤"二句：再沒有比這樣的生活更為艱難困苦的
　　了，但他卻經常有歡樂的好顏容。
　　辛勤：辛苦。

4　"我欲"二句：我想要探訪這位隱士，早晨便渡越河關。

5　"青松"二句：兩旁的青松夾著大道，白雲在隱士居處
　　的茅簷邊。
　　簷端：茅簷邊。兩句寫隱士居處於青松、白雲之間。比
　　喻隱士的高潔。

6　"知我"二句：隱士知道了我的來意，便取琴為我彈奏。

7　"上絃"二句：先是彈奏悲悽的《別鶴操》，接著又彈
　　《雙鳳離鸞》。
　　上絃、下絃：前曲後曲、先奏後奏的意思。**別鶴**：《別
　　鶴操》，商時曲名，音悲悽。**孤鸞**：《雙鳳離鸞》，漢時
　　曲名。兩句寫隱士的孤高絕塵。

8　"願留"二句：我願意留下來同您一起長住，從今天開
　　始直到歲寒。

歲寒：寒冷的季節。《論語・子罕》有"歲寒然後知松柏之後凋"一語。這裏以"歲寒"來比喻對人生志節的考驗。

六

本首直抒己意，說自己是謝世的谷中之樹，四季常青，霜雪不能移志；譏笑那些趨炎熱、不耐霜雪的談士。

詩意壯烈，詞極悽惋，被譽為"千秋絕調"。

蒼蒼谷中樹，冬夏常如茲[1]。
年年見霜雪，誰謂不知時[2]。
厭聞世上語，結友到臨淄[3]。
稷下多談士，指彼決吾疑[4]。
裝束既有日，已與家人辭[5]。
行行停出門，還坐更自思[6]。
不畏道里長，但畏人我欺[7]。
萬一不合意，永為世笑嗤[8]。
伊懷難具道，為君作此詩[9]。

注釋

1. **"蒼蒼"** 二句：生長在山谷中鬱鬱蒼蒼的老樹，不論冬夏都一樣常青。

   茲：這樣。指鬱鬱蒼蒼。

2. **"年年"** 二句：每年都見到霜雪降臨，誰說它不知道時節？

   以上四句起興，説自己對世態炎涼早有定見。

3. **"厭聞"** 二句：厭惡聽那世上的俗語，想與朋友結伴到臨淄去。

   臨淄：地名。在山東省廣饒縣南。戰國時曾為齊國的都城。

4. **"稷下"** 二句：臨淄的稷下有很多談説之士，我指望他們能解除我的疑惑。

   稷下：齊國都城臨淄的城門。當時許多談説之士定期會集此地，議論治世的事情。**談士**：善於談論之士。**指**：指望，希望。**決**：疏通，除去。

5. **"裝束"** 二句：我的行裝早已準備好，還同家裏作了話別。

   裝束：整備行裝。

6. **"行行"** 二句：我欲行又止，坐回原來的地方，又想了一想。

   行行：欲行又止，躑躅不進。**還坐**：坐回原來的地方。

7. **"不畏"** 二句：我不擔心路途遙遠，卻怕別人欺詐我。

   道里：道路的里程。**人我欺**："人欺我"的倒裝，他人欺詐我。

8　“萬一”二句：萬一我的見解和他們不合，會被世人永
　　遠嗤笑。

　　不合意：指見解不同。

9　“伊懷”二句：我心裏對這些談客的看法很難說得出
　　來，只好為您們（讀者）作這一首詩。

　　伊：語詞，無義。**懷**：內心。這裏指內心的看法。**具
　　道**：都說出來。**君**：指讀者。

七

　　本詩通過佳人對花月的感歎，指出月滿則缺，花
盛則落的道理。人生榮樂無常，一時之好未必能保持
得長久。

　　本詩平淡自然，情景交融。

　　　日暮天無雲，春風扇微和[1]。
　　　佳人美清夜，達曙酣且歌[2]。
　　　歌竟長歎息，持此感人多[3]。
　　　皎皎雲間月，灼灼葉中華[4]。
　　　豈無一時好，不久當如何[5]？

注釋

1 "日暮"二句：春日傍晚天際無雲，和風微微吹動。

2 "佳人"二句：賢人喜愛這氣清風和的良夜，歡歌暢飲
直至天明。
佳人：賢人。美：喜愛。清夜：良夜。曙：天明。酣：
樂飲。

3 "歌竟"二句：唱完了歌便長聲歎息，因為那些感觸人
心的事實在很多。
竟：終，盡。持：執持。此：指當時政治生活中的事
情。兩句寫樂極生悲。

4 "皎皎"二句：皎皎的雲間圓月，鮮艷的葉中嬌花。
皎皎：潔白貌。灼灼：璀璨貌。華：同"花"。

5 "豈無"二句：這樣的月圓花好難道不是暫時的，不久
後又怎樣呢？
兩句說明月滿則缺，花盛則落。

八

　　詩人通過想像中的遠遊，表達自己對義士伯夷
叔齊、劍客荊軻的仰慕，慨歎當世無節義之士，知音
難得。

　　少時壯且厲，撫劍獨行遊[1]。

誰言行遊近？張掖至幽州 [2]。

飢食首陽薇，渴飲易水流 [3]。

不見相知人，惟見古時邱 [4]。

路邊兩高墳，伯牙與莊周 [5]。

此士難再得，吾行欲何求 [6]？

注釋

1　**"少時"二句**：少時身體壯健，意氣風發，持劍獨自出
　　外行遊。

　　壯：壯健。**厲**：意氣奮發。**撫劍**：持劍。

2　**"誰言"二句**：誰説我行遊之地近？從張掖走到幽州就
　　有數千里。

　　張掖：地名。在今甘肅省西部。**幽州**：地名。在今河北
　　省東北部。張掖和幽州兩地，是當時西北和東北的邊
　　遠地區，相距數千里。詩人生平足迹並沒有到過這些地
　　方，詩中所寫的各地都是出於想像。

3　**"飢食"二句**：飢餓時採食首陽山的野菜，乾渴時喝飲
　　易水的清流。

　　首陽：山名。這裏暗喻伯夷、叔齊。參見《飲酒》之二
　　注 1（頁 077）。**易水**：水名。這裏以喻劍客荊軻。戰
　　國時人荊軻，為燕太子丹刺秦王。臨行時，太子丹及賓
　　客送至易水之上。參見《詠荊軻》（頁 159-162）。兩句
　　表示詩人對伯夷、叔齊、荊軻等節義之士的仰慕，説明

作者撫劍遠行，是要立志做這樣的義士。

4　"不見"二句：遠遊中沒有遇見知己的人，只看到古時
　　留下的墳墓。

　　相知人：知己的人。謂伯夷、叔齊、荊軻這些節義之
　　士。**邱**：墳地。

5　"路邊"二句：伯牙與莊周早已死去，路邊只留下他們
　　兩人的高墳。

　　伯牙：俞伯牙，春秋時人，善鼓琴，與鍾子期友善。子
　　期死後，伯牙認為世上再無知音人，即絕絃破琴。**莊
　　周**：莊子。與惠施友善。惠施死後，莊子認為世上再無
　　人理解自己，即不再談説。詩人引此二典作喻，説明當
　　世沒有知己的人。

6　"此士"二句：這些節義之士難再尋得，我的遠遊還想
　　要得到什麼呢？

　　此士：指伯夷、叔齊、荊軻、伯牙和莊周這樣的節義之
　　士。兩句慨歎志士無人，知音難得。

九

　　義熙十四年（418）十二月，劉裕弒晉主，立琅
邪王司馬德文為恭帝。元熙二年（420），劉裕迫恭帝
禪位。本詩用種桑江邊，遇上山河變易，桑樹摧折之
事，託物寓意，抒發桑田滄海的感慨。

種桑長江邊，三年望當採[1]。

枝條始欲茂，忽值山河改[2]。

柯葉自摧折，根株浮滄海[3]。

春蠶既無食，寒衣欲誰待[4]！

本不植高原，今日復何悔[5]。

注釋

1　**"種桑"二句**：種桑在長江邊，希望三年後能夠採摘
　　桑葉。
　　桑：借喻為劉裕所立的恭帝。**長江邊**：桑樹本應種植於
　　高原，江邊並非種桑的地方。暗喻恭帝為劉裕所立，初
　　著已誤，必有後禍。

2　**"枝條"二句**：誰知道桑樹的枝葉開始要長得茂盛時，
　　突然遇上了山河改變。
　　茂：茂盛。**值**：逢遇。**山河改**：山河改變。意指劉裕篡
　　位，晉宋易代。

3　**"柯葉"二句**：桑樹的枝葉因此被摧折，根莖飄浮在
　　東海。
　　柯：樹枝。**自**：因此。**株**：樹幹。**滄海**：即東海。這兩
　　句指所受禍害的慘酷。

4　**"春蠶"二句**：春蠶既然沒有吃的東西，還想等待誰去
　　吐絲做寒衣？

5　**"本不"二句**：桑樹起初不種植在高原，今日又有什麼
　　可悔恨呢？
　　復：又。兩句指出"本不植高原"的初著謬誤。

雜詩（十二首選八）

《雜詩》共十二首。從內容來看，似非一時之作。前八首慨歎時光消逝，歲月不待人，年老家貧，壯志難酬，力圖自勉。後四首多寫行役之苦。這裏選注的是前八首。

一

歲月不待人，壯年一去不重來，應當及時勉勵。

人生無根蒂，飄如陌上塵[1]。
分散逐風轉，此已非常身[2]。
落地為兄弟，何必骨肉親[3]！
得歡當作樂，斗酒聚比鄰[4]。
盛年不重來，一日難再晨[5]。
及時當勉勵，歲月不待人[6]。

注釋

1 **"人生"二句**：人生在世飄忽無定，沒有根柢，好像路上的塵土一樣飄蕩。

   蒂：花果連枝的部分。**陌**：道路。

2 **"分散"二句**：各人被命運分散，隨風四處飄泊，已經不再是原來的樣子了。

   非常身：意謂人生無常。

3 **"落地"二句**：人生下來，彼此就應該是兄弟，何必是同胞骨肉才相親？

   落地：謂人始生。兩句意謂"四海之內，皆兄弟也。"（《論語·顏淵》）

4 **"得歡"二句**：歡樂的時候應該盡情去歡樂，還應邀聚近鄰一起來歡飲。

   斗：一種酒器。**比鄰**：近鄰，鄰里。

5 **"盛年"二句**：人的壯年過去不會重來，一天過去不能再回復早晨。

   盛年：壯年。

6 **"及時"二句**：要趁著年富力強之時奮勉努力，歲月是不會等待人的。

二

本首寫長夜不眠的激動心情，慨歎時光流逝，事業未就，有志不得伸展。

採用白描手法寫情寫景，樸素無華，而意境空明澄澈，氣韻清高。

白日淪西阿，素月出東嶺[1]。
遙遙萬里輝，蕩蕩空中景[2]。
風來入房戶，夜中枕席冷[3]。
氣變悟時易，不眠知夕永[4]。
欲言無予和，揮杯勸孤影[5]。
日月擲人去，有志不獲騁[6]。
念此懷悲悽，終曉不能靜[7]。

注釋

1　"白日"二句：太陽落下了西山坡，明月在東嶺升起。
　　淪：落。西阿：西山坡。素月：銀白色的月亮。

2　"遙遙"二句：月光灑照，遙遙萬里，浩蕩無際的夜空明澈光亮。
　　遙遙：遠貌。蕩蕩：廣大貌。景：指月光。

3　"風來"二句：半夜涼風吹進房門，睡在牀上覺得枕席冷。
　　房戶：房門。

4　"氣變"二句：氣候的變化使人意識到季節的更換，失眠使人覺得黑夜特別漫長。

時易：季節的變更。永：長。

5　"欲言"二句：心裏有話要說，可是無人和我談論，只好舉杯勸自己的影子同飲。

無予和：意謂無人同我說話。揮杯：舉杯。

6　"日月"二句：光陰飛馳逝去，我胸中有志不得施展。

不獲騁：不能施展，不能實現。騁，馳騁。這裏指施展。

7　"念此"二句：想起來滿懷悲悽，心情激動得徹夜不能平靜。

終曉：徹夜。

三

本首說人事盛衰如同草木，但人生不同草木；草木春生秋謝，而人死卻不能復生。一說是感歎興亡。

　　榮華難久居，盛衰不可量[1]。
　　昔為三春蕖，今作秋蓮房[2]。
　　嚴霜結野草，枯悴未遽央[3]。
　　日月還復周，我去不再陽[4]。
　　眷眷往昔時，憶此斷人腸[5]。

注釋

1 "**榮華**"二句：榮華富貴難久留，興旺與衰敗無法估量。
榮華：指顯貴。**居**：停留。**量**：審度。

2 "**昔為**"二句：過去是春季三月的荷花，今天卻成了秋季的蓮蓬。
三春：春季三月。**蕖**：荷花。**蓮房**：蓮蓬。蓮蓬內有多個小孔，分隔如房，藏所結蓮子，故稱。

3 "**嚴霜**"二句：野草被嚴霜摧殘得葉萎根枯，憔悴得半死不活。
結：糾結。**未遽央**：未盡死。

4 "**日月**"二句：日月的出沒周而復始，但我死去卻不會再復生。
去：指死去。**陽**：生。

5 "**眷眷**"二句：我依戀美好的過去，回憶起來使人痛苦腸斷。
眷眷：依戀不捨。**往昔**：過去。

四

　　本首說空名無益，自己視之如糞土，只願得聚天倫真樂。

> 丈夫志四海，我願不知老[1]。
> 親戚共一處，子孫還相保[2]。

觴絃肆朝日，樽中酒不燥³。

緩帶盡歡娛，起晚眠常早⁴。

孰若當世士，冰炭滿懷抱⁵。

百年歸邱壟，用此空名道⁶！

注釋

1　**"丈夫"**二句：丈夫志在去四海求名逐利，而我的願望
卻是不知自己衰老。
　　丈夫：古時三十歲的成年男子。

2　**"親戚"**二句：親戚共聚一堂，子孫安居在一起。
　　保：安居。

3　**"觴絃"**二句：終日暢飲歡歌，樽裏的酒常滿不空。
　　觴：酒杯。這裏指飲酒。絃：樂器。這裏指奏樂歌
唱。肆：陳設。日：當作"夕"。酒不燥：即酒不空。
燥，乾。

4　**"緩帶"**二句：從容地盡情歡樂，早睡晚起，優游地
生活。
　　緩帶：放鬆束帶。意謂從容不受拘束。

5　**"孰若"**二句：不像當今世上那些俗人，時常讓名和利
兩種思想在胸中交戰，不勝苦惱。
　　孰：何。冰炭滿懷抱：指貪名和求利兩種思想，像冰和
炭（不能同在一起）般常在胸中交戰，使人煩惱痛苦。

6　**"百年"**二句：人死以後便進墳墓，何必讓空名羈絆呢！
　　百年：謂死。邱壟：墳墓。

五

　　本首寫時光消逝，自己已衰老，少年壯志難酬，
前途渺茫，因而深感憂懼。

憶我少壯時，無樂自欣豫[1]。

猛志逸四海，騫翮思遠翥[2]。

荏苒歲月頹，此心稍已去[3]。

值歡無復娛，每每多憂慮[4]。

氣力漸衰損，轉覺日不如[5]。

壑舟無須臾，引我不得住[6]。

前塗當幾許，未知止泊處[7]。

古人惜寸陰，念此使人懼[8]。

注釋

1　"憶我" 二句：回憶自己少壯的時候，沒有快樂的事心
　　裏也覺得愉快。

　　欣豫：欣喜，喜悦。

2　"猛志" 二句：雄心壯志超越四海，像鳥兒一樣想展翅
　　高翔。

　　逸：超越。騫（qiān 牽）：飛舉。翮（hé 劾）：羽翼。
　　翥（zhù 注）：飛翔。兩句謂抱負遠大。

3　"荏苒" 二句：時間漸進，歲月流逝，雄心壯志漸漸地

離開了自己。

荏苒（rěn rǎn 任染）：時間漸漸過去。**頹**：流逝。**心**：指過去的雄心。**稍**：漸漸地。

4　**"值歡"二句**：遇到值得歡樂的事情也再不覺得可樂，而常常有的是較多的憂慮。

值歡：遇到歡樂的事。兩句說明情隨歲減，老年的心境往往不在歡樂一邊，與少壯時"無樂自欣豫"的心境相比，大不相同。

5　**"氣力"二句**：身體氣力逐漸衰弱虧損，轉而覺得一日不如一日。

6　**"壑舟"二句**：大自然的變化發展沒有片刻的停留，人也會隨之逐漸衰老不會停止。

壑（huò 確）**舟**：壑，山溝。語本《莊子‧大宗師》："夫藏舟於壑，藏山於澤，謂之固矣；然而夜半有力者負之而走，昧者不知也。"壑舟是指大自然變化發展的道理。意謂把舟藏在山溝裏，似乎可以不受損失，然而卻會被大自然的變化奪去，這是愚昧的人無法理解的。**須臾**：片刻。**引**：引導。**不得住**：不得常住不變。

7　**"前塗"二句**：未來的時日不知還有多長，將來的歸宿也不知在何處。

前塗：未來的日子。塗，同"途"。**幾許**：多少。**止泊處**：原指船停泊的地方。這裏比喻人生的歸宿。

8　**"古人"二句**：古人愛惜每一寸光陰，而自己卻虛度時光，真使人感到可怕。

惜：愛惜。**陰**：光陰。

六

　　有生必有死，歲月流逝不能回復，生死不能輪迴。因此，生時應當合家為樂，不必為身後著想。

> 昔聞長者言，掩耳每不喜[1]。
> 奈何五十年，忽已親此事[2]。
> 求我盛年歡，一毫無復意[3]。
> 去去轉欲速，此生豈再值[4]！
> 傾家持作樂，竟此歲月駛[5]。
> 有子不留金，何用身後置[6]！

注釋

1　**"昔聞"二句**：過去聽到長者追述平生的事，自己總是不高興地掩耳不聽。

　　不喜：不喜歡聽的意思。

2　**"奈何"二句**：無奈自己行年五十，轉眼也像長者那樣已到衰老。

　　五十年：義熙十年甲寅（414），詩人五十歲。本詩為當年所作，所以說"五十年"。**此事**：指過去長者所說的平生之事。意謂現在自己也像他們一樣，已經衰老了。

3　**"求我"二句**：再求壯年時的歡樂，這些歡樂一點也不能再回復。

盛年：壯年。**毫**：絲毫。**復**：回復。

4　**"去去"**二句：匆匆而去的歲月，離開我是這樣的遠了，這一生豈能再回！

去去：指時光匆匆而去。**值**：逢遇。

5　**"傾家"**二句：應當合家適時作樂，隨著那迅速流逝的歲月去度過自己的一生。

傾家：謂全家。**竟**：終結。這裏意指終盡自己的一生。

駛：疾，快速。

6　**"有子"**二句：漢時疏廣有金也不留給子孫，我又何必為身後去作安置呢？

有子不留金：語本《漢書‧疏廣傳》：西漢疏廣，官至太傅，後辭官歸鄉里，以受賜的黃金每日設宴，與故舊的賓客飲酒娛樂。別人勸他為子孫置田宅立業，廣不從，說："賢而多財，則損其志；愚而多財，則益其過。"意謂為子孫立業，有害無益。**身後**：指死去以後。**置**：安置，安排。

七

詩人感歎自己衰老，前途無望，把人生看作過客，視死如歸。

日月不肯遲，四時相催迫[1]。

寒風拂枯條，落葉掩長陌[2]。

弱質與運頹，玄髮早已白[3]。

素標插人頭，前途漸就窄[4]。

家為逆旅舍，我如當去客[5]。

去去欲何之？南山有舊宅[6]。

注釋

1　"日月"二句：歲月迅速流逝不肯遲緩，春夏秋冬四季
　　催迫速行。

　　四時：四季。

2　"寒風"二句：寒風吹拂著樹木的枯枝，落葉鋪蓋著漫
　　長的道路。

　　陌：路。兩句用枯枝敗葉來比喻自己的衰老。

3　"弱質"二句：衰弱的身體和時運的不濟，使自己的黑
　　髮早已發白。

　　弱質：衰弱的體質。**玄**：黑色。**白**：詩人早年髮白，所
　　以說"早已白"。

4　"素標"二句：頭上的白髮是衰老的標記，因此再沒有
　　寬廣的前途了。

　　素標：白色的標記。**窄**：狹小，不寬。

5　"家為"二句：家就像旅舍，我只不過是暫住的過客。

　　逆旅：旅舍。**去客**：過往的客人。兩句意謂人生在世，
　　如像匆匆的過客。

6　"去去"二句：如此匆匆要往何處？南山的墳墓是自己
　　永遠歸宿的地方。

　　去去：匆匆而去。**舊宅**：指墳墓。

八

　　本首自述從彭澤辭官歸來後，雖然親身努力耕
作，但仍然不能維持最基本的生活，不得溫飽，備受
飢寒窮困。

> 代耕本非望，所業在田桑[1]。
> 躬親未曾替，寒餒常糟糠[2]。
> 豈期過滿腹，但願飽粳糧[3]。
> 御冬足大布，麤絺以應陽[4]。
> 正爾不能得，哀哉亦可傷[5]！
> 人皆盡獲宜，拙生失其方[6]。
> 理也可奈何，且為陶一觴[7]！

注釋

1　"代耕"二句：做官食俸祿本來就不是我的願望，我是
　　以農家的耕作為業的。

　　代耕：指食俸祿。古代低級官吏的俸祿很低，相當於耕

種的收入，所以稱 "代耕"。**田桑**：指農家的耕織。

2　　**"躬親" 二句**：我親身參加耕作沒有停止過，但仍然挨飢受凍常食糟糠。

　　　躬親：自己親身參加耕作勞動。**替**：廢棄，廢止。**餒**：飢餓。**糟糠**：這裏泛指粗劣的食物。

3　　**"豈期" 二句**：我所期望的並不高，只要求有粳米填飽肚子就行了。

　　　豈期：怎敢期望。**過滿腹**：指超過需要，語本《莊子·逍遙遊》："偃鼠飲河，不過滿腹。" 這裏指願望的微小。**粳**（jīng 庚）**糧**：粳米。

4　　**"御冬" 二句**：冬天有粗布衣服抵禦寒冷就夠了，夏天有粗疏的蔴布衣服就可以應節了。

　　　御冬：抵禦冬天的寒冷。**大布**：粗布。**麤絺**（cū xī 粗癡）：粗疏的葛布。即蔴布。**應**：適應。**陽**：溫暖的時候。指夏天。

5　　**"正爾" 二句**：即使是這樣的生活也不能得到，真是多麼可悲的事啊！

　　　正爾：正是這樣。

6　　**"人皆" 二句**：別人都各得其所，但我卻沒有謀生的方法。

　　　盡獲宜：猶言各得其所。**拙生**：拙於謀生，謙稱之詞。**方**：道，方法。

7　　**"理也" 二句**：對於這樣生活的道理，我無可奈何，姑且痛快地飲一杯！

　　　陶：樂。**觴**：酒器。

詠貧士（七首選六）

本組詩共七首。多列古人，借古代賢人安道苦節的事例，抒寫自己不慕名利的情懷。

第一首是總冒，寫明正意；第二首自詠；後五首引用古代貧士安貧守賤的事，來證明題旨。

一

本首以孤雲作比喻，敘述貧士與眾不同的孤獨異趣。

前八句借孤雲和鳥起興，歸於自守，後四句一正一反，結出正意，頓挫沉鬱。

> 萬族各有託，孤雲獨無依[1]。
> 曖曖空中滅，何時見餘暉[2]。
> 朝霞開宿霧，眾鳥相與飛[3]。
> 遲遲出林翮，未夕復來歸[4]。
> 量力守故轍，豈不寒與飢[5]？
> 知音苟不存，已矣何所悲[6]。

注釋

1 **"萬族"二句**：世上萬類各有託附，惟有貧士像孤雲一樣孤獨無依。

萬族：猶言萬類。**託**：託附。**依**：依憑。

2 **"曖曖"二句**：飄遊在空中的孤雲黯然而滅，也看不見它的光輝了。

曖曖：昏暗貌。**暉**：光輝。兩句謂貧士曖然消失，無榮貴的欲望。

3 **"朝霞"二句**：朝霞驅散了夜氣，眾鳥相隨飛出。

朝霞：早霞。暗指當時劉裕篡政，晉、宋易代。**宿霧**：夜氣，夜霧。兩句以朝霞開霧，比喻朝廷的更新；眾鳥群飛，比喻改朝後群臣趨附之狀。

4 **"遲遲"二句**：倦鳥遲遲舉羽飛出樹林，未到黃昏就早早地飛回來了。

翮：羽翮。這裏代鳥。兩句以倦鳥暗喻貧士，也是詩人自比。

5 **"量力"二句**：自量能力，甘守舊道，豈不又要常挨飢寒？

故轍：故迹，舊道。指安守貧困之道。

6 **"知音"二句**：既然沒有了解我的人，那麼有什麼可悲傷呢？

知音：知我者。**苟**：且。**已矣**：歎息之詞。

二

本首寫自己窮困之狀、飢寒之苦，說古賢人安貧守道，自己不因貧苦感到遺憾。

前八句極寫飢寒，似乎無聊，但忽然用末二句撥轉，讚頌貧士的貞志。欲擒先縱，章法變化莫測，並以"賴古多此賢"一句，啟下三首。

> 淒厲歲云暮，擁褐曝前軒[1]。
> 南圃無遺秀，枯條盈北園[2]。
> 傾壺絕餘粒，闚竈不見煙[3]。
> 詩書塞座外，日昃不遑研[4]。
> 閒居非陳阨，竊有慍見言[5]。
> 何以慰吾懷，賴古多此賢[6]。

注釋

1 **"淒厲"二句**：歲暮冬天特別寒冷，披著粗布短衣坐在窗前曬太陽。

云：語助詞，無義。褐：粗布短衣。曝：曬。軒：窗。

2 **"南圃"二句**：南圃裏沒有剩留植物的穗子，枯枝佈滿北園。

遺：遺留下。秀：植物的穗。盈：滿。

3 **"傾壺"二句**：壺乾酒盡沒有餘滴，竈頭也看不見火煙。

粒：量詞，指細小的點滴。**闚**：同“窺”，小視。**不見煙**：指斷炊，無米下鍋。煙，炊煙。

4　“詩書”二句：《詩》、《書》塞在座外，過了正午，也沒有閒心去鑽研。

　　詩書：《詩經》、《尚書》。**日昃**：日過午。**不遑**：無暇。

5　“閒居”二句：我現在閒居在家所受的飢寒，與孔子在陳絕糧不同，因此不免暗暗地有怨怒的感情。

　　陳阨：孔子離開衛到陳去，正碰上吳伐陳，陳亂。孔子困在陳楚之間，七日不火食，隨行的弟子面有飢色。子路怨怒地説：“君子亦有窮乎？”參見《論語·衛靈公》。**竊**：私，暗暗地。**慍**：怒，怨。

6　“何以”二句：用什麼來寬慰自己的胸懷？賴有古代很多守窮安處的賢士。

　　賢：指守窮安處的人。

三

承上首“賴古多此賢”句，借古時榮公、原憲守貧樂道的事，寫自己沒有“苟得”的欲望。

> 榮叟老帶索，欣然方彈琴 [1]。
> 原生納決履，清歌暢商音 [2]。
> 重華去我久，貧士世相尋 [3]。

弊襟不掩肘，藜羹常乏斟 [4]。

豈忘襲輕裘，苟得非所欽 [5]。

賜也徒能辨，乃不見吾心 [6]。

注釋

1　　**"榮叟"二句**：年老的榮公貧苦到披鹿皮，以索為帶，
　　　但他卻高興地彈琴放歌。

　　　榮叟：榮啟期，春秋時人。《列子·天瑞》：孔子遊於太
　　　山，見榮啟期行乎郕之野，鹿裘帶索，鼓琴而歌。孔子
　　　問曰："先生所以樂，何也？"對曰："吾樂甚多……貧
　　　者士之常也，死者人之終也。處常得終，當何憂哉。"

2　　**"原生"二句**：原憲穿著破鞋，縱情而唱《商頌》。

　　　原生：原憲，字子思，春秋宋人。孔子弟子，清靜守
　　　節，貧而樂道。原憲居魯時，環堵之室，茨以生草，蓬
　　　戶不完，上漏下濕，但他匡坐而彈琴。子貢往見，原憲
　　　穿著破衣和裂口的鞋，但仍嘲笑子貢華貴的車馬裝飾。
　　　子貢慚愧而去，原憲便高歌《商頌》，聲振金石。**納**：
　　　穿著。**決履**：裂口的鞋。**商音**：曲名。

3　　**"重華"二句**：虞舜這樣的聖代相去很遠了，但貧士卻
　　　世代相繼出現。

　　　重華：即虞舜。相傳虞舜聖代，天下無窮人。**去我久**：
　　　意謂距離現在很遠。這裏是慨歎生不逢時。**相尋**：
　　　相繼。

145

4　**"弊襟"二句**：衣服破爛，遮得胸來掩不了肘，野菜作羹充飢，常常沒有酒飲。

　　弊襟：衣襟破爛。**不掩肘**：衣服蓋不住胳膊。**藜**：即臙脂菜，新葉及嫩苗可食。這裏泛指野菜。**乏斟**：沒有酒飲。

5　**"豈忘"二句**：怎會忘掉穿著名貴的皮衣？但不義之財我並不欽羨。

　　襲：穿著。**裘**：皮衣。**苟得**：非義而得。語本《論語·述而》："不義而富且貴，於我如浮雲。"

6　**"賜也"二句**：像子貢那樣巧辭能辯也是徒勞，他哪裏知道我的本心？

　　賜：子貢，姓端木名賜。孔子弟子，利口巧辭，能料事。

四

本首專舉黔婁事，以比自己安貧守道的節操。

前六句寫古人黔婁，後六句是作者的論贊。

> 安貧守賤者，自古有黔婁[1]。
> 好爵吾不榮，厚饋吾不酬[2]。
> 一旦壽命盡，弊服仍不周[3]。
> 豈不知其極，非道故無憂[4]。

從來將千載，未復見斯儔[5]。

朝與仁義生，夕死復何求[6]。

注釋

1　"安貧"二句：安於貧賤而守道的賢士，古時有黔婁。**黔婁**：春秋齊人，修身清節，不求進於諸侯。魯公欲以為相，齊王以黃金百斤聘為卿，均辭不就。見《高士傳》。

2　"好爵"二句：高貴的爵位不覺得是榮譽，不肯以出仕去酬答別人豐厚的饋贈。

　　爵：爵位，官位。**榮**：榮譽。**厚饋**：豐厚的饋贈。**酬**：酬答。

3　"一旦"二句：一旦壽命終盡死去，破爛的衣服仍遮蔽不住身體。

　　弊服：破爛的衣服。《列女傳》記黔婁死後，曾子往弔之，見他的屍體停在窗下，衣服破爛，蓋一塊短布被，遮蓋不住身體，首足都露在外邊。**不周**：意謂遮蓋不住身體。

4　"豈不"二句：豈有不知道自己貧窮到了極點？但富貴要非義而得，所以儘管自己窮苦也沒有憂愁。

　　極：指窮極。**非道**：不以道義而得。

5　"從來"二句：他死去已近千年，再也看不見像他這樣安於貧賤的人。

　　從來：從此以後，指自黔婁死去以後。**斯儔**：這樣的人。

6　　"朝與"二句：只要早上能同仁義之道在一起，就是晚
　　　上死去也滿足，於世再無所求。
　　　兩句寫生死不改其節操。

五

　　本首歌頌袁安和阮公，說明窮困不可怕，苟得富
貴榮樂，則身敗名辱，比飢寒更可怕，所以身處貧賤
而不憂戚，以修名自立為樂。

> 袁安門積雪，邈然不可干[1]。
> 阮公見錢入，即日棄其官[2]。
> 芻藁有常溫，採莒足朝餐[3]。
> 豈不實辛苦？所懼非飢寒[4]。
> 貧富常交戰，道勝無戚顏[5]。
> 至德冠邦閭，清節映西關[6]。

注釋

1　　"袁安"二句：袁安雖被積雪困在家裏僵臥不起，但仍
　　　保持高風亮節不干求於人。
　　　袁安：東漢汝陽（今河南上蔡東南）人，字邵公，為人

莊重有威，家甚貧。洛陽大雪丈餘，縣令自出案行，見袁安門前無行迹。令人除雪入視，則見安正僵臥，問其故，答曰：「大雪人乏食，不宜干人。」洛陽令見而賢之，舉為孝廉。參見《後漢書·袁安傳》。**邈**（miǎo 秒）**然**：高遠貌。**干**：求。

2　**「阮公」二句**：阮公見到有人賄賂，當日就棄官不做。

阮公：其人不詳。

3　**「刈藁」二句**：貧士晚上睡在馬草上取暖，白天採摘野菜進餐充飢。

刈藁（hāo 稿）：本為馬草，作眠具可取暖。**莒**（jǔ 舉）：自生的野禾，可食。這裏泛指野菜之類。

4　**「豈不」二句**：這樣的生活豈有不辛苦？但是所懼怕的並不是飢寒。

懼：懼怕。兩句意謂苟求富貴，雖可免於飢寒，但會身敗名辱，比之飢寒更為可怕。

5　**「貧富」二句**：安貧與求富經常在內心交戰，但仁義之道終會獲勝，所以臉上沒有憂戚的顏色。

道勝：仁義之道獲勝。**戚**：憂戚。

6　**「至德」二句**：他們高尚的品德蓋於邦國鄉里，清風亮節映照西關。

至德：高尚的品德。**冠**：蓋。**邦**：邦國。指袁安的鄉邦。**清節**：清風亮節。**西關**：地名。疑係阮公的故鄉。兩句是詩人對袁安和阮公的讚譽。

六

本首歌頌孑立不群的張仲蔚，說明得道者"窮亦樂，通亦樂，所樂非窮通"，表示自己要跟隨張仲蔚，不易其節。

前六句寫古人張仲蔚，後六句是詩人的論贊。

> 仲蔚愛窮居，繞宅生蒿蓬[1]，
>
> 翳然絕交遊，賦詩頗能工[2]。
>
> 舉世無知者，止有一劉龔[3]。
>
> 此士胡獨然？實由罕所同[4]。
>
> 介然安其業，所樂非窮通[5]。
>
> 人事固以拙，聊得長相從[6]。

注釋

1　"仲蔚"二句：隱士張仲蔚喜愛窮居，他的住宅四周長滿蓬蒿。

　　仲蔚：即張仲蔚，東漢時人。《高士傳·張仲蔚》載：後漢張仲蔚隱居不仕，常居窮素，所處蓬蒿沒人。**蒿蓬**：蓬蒿，草本植物。

2　"翳然"二句：他蔽匿起來不與世交往，詩和賦寫得又很好。

　　翳：遮蓋，蔽匿。**賦詩**：指賦和詩。張仲蔚善屬文，好詩賦。工：巧，善。

3　**"舉世"二句**：整個社會都沒有人注意他，只有劉龔一個人理解他。

　　止：只。**劉龔**：東漢長安人，字孟公。善論議。參見《後漢書・蘇竟傳》。

4　**"此士"二句**：這位隱士為什麼這樣獨特？其實是因為世上很少與他相同的人。

　　胡：為何，何故。**罕所同**：少有相同。

5　**"介然"二句**：他安於與眾不同的生活，所樂的全不在一己命運的好與壞。

　　介然：獨特，特異。**窮通**：對事理、命運而言。窮，不通，沒有出路。通，通達。

6　**"人事"二句**：我自己雖拙於人事的交往，也願長久地跟隨張仲蔚。

　　人事：指人事的交往。**拙**：笨拙，不善。**聊**：且。**從**：跟隨。兩句是詩人自述。

詠二疏

　　《詠二疏》、《詠三良》、《詠荊軻》三詩，當為詩
人一時所作，都是託古述懷的詠史詩。《詠二疏》取
其去位歸隱，《詠三良》取其與君主同死，《詠荊軻》
取其為主報仇；三詩詩體相同，內容互相闡發，辭多
悲憤慷慨，託意遙深。

　　二疏指西漢的疏廣及其姪疏受。東海蘭陵（今山
東棗莊東南）人。宣帝時，疏廣任太子太傅，疏受任
少傅，在位五年；疏廣認為"知足不辱，知止不殆"，
功成應該身退，不去懼有後悔。於是與疏受皆稱病辭
職還鄉。疏廣歸里後，不留金錢，每日具設酒食，宴
請族人故舊賓客，相與娛樂。參見《漢書·疏廣傳》。
本詩即詠此事，讚二疏知足知止，見機歸隱，以此比
況自己辭彭澤而歸園田。

> 大象轉四時，功成者自去[1]。
> 借問衰周來，幾人得其趣[2]？
> 游目漢廷中，二疏復此舉[3]。
> 高嘯返舊居，長揖儲君傅[4]。
> 餞送傾皇朝，華軒盈道路[5]。

離別情所悲，餘榮何足顧 [6]。

事勝感行人，賢哉豈常譽 [7]！

厭厭閭里歡，所營非近務 [8]。

促席延故老，揮觴道平素 [9]。

問金終寄心，清言曉未悟 [10]。

放意樂餘年，遑恤身後慮 [11]。

誰云其人亡，久而道彌著 [12]。

注釋

1　"大象"二句：天象不斷地四時運轉，功成名遂的人應
　　該去位歸隱。
　　大象：天象。**去**：去位。

2　"借問"二句：試問自從周朝衰敗以後，有多少人懂得
　　這個道理？
　　衰周來：意謂自周朝衰敗以來。**得其趣**：得其旨趣。指
　　領悟功成身退、知足知止的道理。

3　"游目"二句：放眼觀覽漢代的朝廷，只有二疏還有功
　　成身退的舉動。
　　游目：隨意觀覽。**漢廷**：漢朝廷。**二疏**：指西漢的疏廣
　　及其姪疏受。參見題解。**復**：再。**此舉**：這樣的舉動。
　　指功成身退

4　"高嘯"二句：放聲嘯歌返歸舊居，辭職去位不再任太
　　子師傅。

高嘯：激越地吟唱。揖：舊時的拱手禮。這裏表示辭謝。儲君傅：指輔導太子的官。即太子太傅和少傅。

5　"餞送"二句：滿朝的公卿大夫都來餞送，華美的車駕塞滿道路。

傾皇朝：滿朝的官員。傾，盡。《漢書·疏廣傳》載：疏廣離京歸里當日，滿朝的公卿大夫在長安東都門外餞送。華軒：華貴漂亮的車輛。《漢書·疏廣傳》載：送者車數百輛。

6　"離別"二句：離別時雖然感覺悲傷，但多餘的榮耀不值得顧惜。

7　"事勝"二句：這樣的盛事連路人也受感動，都用"賢明"這樣不凡的稱譽去讚頌他倆。

事勝：即勝事。指辭職歸里這種勝舉。賢：稱頌之詞，猶賢明的人。常：普通。《漢書·疏廣傳》載：二疏離京歸里之日，送行的人很多，觀者都歎息稱頌説："賢哉，二大夫！"

8　"厭厭"二句：安於在鄉里與族人、舊友飲酒作樂，所做的都不是眼前的要務。

厭厭：安然貌。閭里：鄉里。營：作，做。近務：眼前的事務。

9　"促席"二句：邀請族人、舊友接席相坐，舉杯歡飲，暢談往事。

促席：靠近相坐。古時席地而坐，所以坐近謂促席。延：邀請。觴：酒杯。平素：往事。

10　"問金"二句：客人很關心散金的事，曾經提出詢問，

疏廣用明理之言去向他們解釋，使他們曉悟散金的
道理。

問金：疏廣去位歸鄉，皇上賜黃金二十斤，皇太子加贈
五十斤。疏廣歸鄉後，散金置酒，宴請賓客，不為子孫
立業，並數問其家尚餘黃金多少，以變賣供設酒食。有
故友勸疏廣為子孫計，疏廣不從，說："賢而多財，則
損其志；愚而多財，則益其過。"**寄心**：關心。**清言**：
明理之言。**曉**：明白。這是解釋的意思。**未悟**：指未知
悟的故友。

11　**"放意"** 二句：隨意去歡度晚年，豈有閒暇顧及身後的
憂慮。

　　餘年：晚年。**遑**：暇。**恤**：憂。

12　**"誰云"** 二句：誰說疏廣已經死去，他所奉行的道理，
愈久愈見昭著。

　　著：昭著。

詠三良

春秋時秦穆公與群臣飲樂，秦穆公說："生共此樂，死共此哀。"秦大夫子車氏三子奄良、仲行、鍼虎許諾。後來秦穆公死，三人便從死殉葬。世稱"三良"。秦人哀之，為作《黃鳥》詩。

晉元熙二年（420）六月，劉裕廢晉恭帝為零陵王。次年，劉裕以毒酒一罌授張褘，要張褘去毒死零陵王。張褘不忍向零陵王進毒酒，而自飲先死。《詠三良》是借"三良"事迹哀悼與君王同死的張褘。

彈冠乘通津，但懼時我遺 [1]。
服勤盡歲月，常恐功愈微 [2]。
忠情謬獲露，遂為君所私 [3]。
出則陪文輿，入必侍丹帷 [4]。
箴規嚮已從，計議初無虧 [5]。
一朝長逝後，願言同此歸 [6]。
厚恩固難忘，君命安可違 [7]。
臨穴罔惟疑，投義志攸希 [8]。
荊棘籠高墳，黃鳥聲正悲 [9]。
良人不可贖，泫然霑我衣 [10]。

注釋

1　**"彈冠"二句**：入仕做官，身居顯要的地位，我擔心自己與時俗不合。

　　彈冠：彈去帽上的塵埃。謂入仕做官。**乘**：駕。**通津**：顯要的地位。**時我遺**：與時不合。

2　**"服勤"二句**：我一年到頭都殷勤地去服侍君王，常怕自己的功績微小。

　　服：服侍君王。

3　**"忠情"二句**：我的忠誠謬然沾受了君王的恩澤，於是得到了君王的寵愛。

　　忠情：忠誠之情。**獲**：得到。**露**：沾潤君王的恩澤。**私**：寵愛。

4　**"出則"二句**：君王出外我陪著御駕，君王入宮我侍候在帷帳內。

　　文輿：有花紋的車駕。**侍**：侍候。**丹帷**：朱色的帷帳。

5　**"箴規"二句**：我規戒勸諫的話君王都接受，計議的事情都不虧負。

　　箴規：規戒勸諫。**嚮**：向來。**虧**：虧負。

6　**"一朝"二句**：君王一旦逝去，願意同他一起去。

7　**"厚恩"二句**：君王的深恩厚澤永遠難忘，君王之命又怎可違背？

　　固：當然。**君命**：指君王提出的"生共此樂，死共此哀"的旨意。

8　**"臨穴"二句**：臨近墳穴也沒有疑慮，投身大義是自己心裏的希望。

身大義。二句寫三良視死如歸，沒有一點勉強。

9　"荊棘"二句：荊棘佈滿了高高的墳頭，黃鳥的啼聲悲切。

10　"良人"二句：三良死去不可挽救贖回，悲傷的涕淚沾濕了我的衣服。

詠荊軻

這是一首詠史詩。描寫荊軻刺秦王的事件，歌頌荊軻不畏強暴、慷慨犧牲的義俠精神，抒發詩人對當時強暴統治者憤恨與反抗的思想感情。

陶詩中多是清淡幽閒之作，本詩則是“金剛怒目”式作品，慷慨激昂，悲憤豪放，別具一格。

燕丹善養士，志在報強嬴[1]。
招集百夫良，歲暮得荊卿[2]。
君子死知己，提劍出燕京[3]。
素驥鳴廣陌，慷慨送我行[4]。
雄髮指危冠，猛氣衝長纓[5]。
飲餞易水上，四座列群英[6]。
漸離擊悲筑，宋意唱高聲[7]。
蕭蕭哀風逝，淡淡寒波生[8]。
商音更流涕，羽奏壯士驚[9]。
心知去不歸，且有後世名[10]。
登車何時顧，飛蓋入秦庭[11]。
凌厲越萬里，逶迤過千城[12]。

圖窮事自至，豪主正怔營[13]。

惜哉劍術疎，奇功遂不成[14]。

其人雖已沒，千載有餘情[15]。

注釋

1　"燕丹"二句：燕太子丹很好地供養門客，用意在向強橫的秦國報仇。

　　燕丹：戰國時燕王喜的太子。曾在秦國作過人質，因秦王嬴政（即秦始皇）對他不好，逃回國後，便招集勇士良才，以圖刺殺秦始皇。**士**：春秋戰國時諸侯的門客。

　　強嬴：強橫的秦國。嬴，秦王的姓。

2　"招集"二句：燕丹招集天下的勇士良才，年終得到荊軻。

　　百夫良：百人中挑選出來的良才。**荊卿**：荊軻，戰國時衛人。到燕後，燕人稱他荊卿。

3　"君子"二句：荊軻懷著為知己而死的精神，提著劍離開燕國京城，到秦國去為太子丹報仇。

　　死知己：為知己而死。

4　"素驥"二句：出發時，白馬在大路上嘶鳴，太子和賓客懷著激越的心情來送行。

　　素驥：白馬。**廣陌**：大路。兩句寫荊軻離開燕京時的情況。

5　"雄髮"二句：怒髮撐起高冠，一股猛烈之氣直衝長纓。

　　指：撐起，即"衝"的意思。**危冠**：高帽子。**長纓**：繫帽的絲帶。兩句極力形容荊軻義憤填胸，一副悲壯、剛烈的氣概。

6　**"飲餞"二句**：燕太子在易水邊上為荊軻擺酒送別，座上坐滿送行的賓客。

　　易水：在今河北省易縣境內。

7　**"漸離"二句**：漸離擊筑，筑聲是那樣的悲壯；宋意高聲歌唱，歌聲是那樣的高亢。

　　漸離：高漸離，戰國時燕人，是荊軻的至交，善擊筑。荊軻刺秦王不死，後來漸離挖掉自己的眼睛，以善擊筑的瞎子形象得親近秦王，把鉛塊藏在筑中，伺機投擲，未能命中，被秦王所殺。**筑**：一種與箏相似的樂器，十三絃，頸細而曲。**宋意**：燕國的勇士，燕丹的賓客。

8　**"蕭蕭"二句**：淒涼的哀風蕭蕭地吹過，易水泛起淡淡的寒波。

9　**"商音"二句**：筑聲忽而奏出淒涼的商音，使人感動得流淚；忽而又奏起慷慨的羽音，壯士們都激憤起來。

　　商音：古稱宮、商、角、徵、羽為五音，商音比較淒清。**羽**：羽音，比較激昂。以上六句，寫餞別時的悲壯氣氛，襯託荊軻壯烈、悲憤的心情。

10　**"心知"二句**：荊軻心裏知道此去必死不返，但會傳名後世。

11　**"登車"二句**：荊軻坐上車子走了，沒有回頭看望，飛快地進入秦國。

　　飛蓋：形容車子奔馳的迅速。蓋，車的頂蓋。指車。

　　庭：朝庭。兩句寫荊軻勇往直前、義無反顧的氣慨。

12 "淩厲"二句：奮勇直前走了萬里之遠，曲曲折折地經
過了很多城市。

淩厲：奮勇直前。逶迤：曲折行進。

13 "圖窮"二句：秦王把荊軻獻上的地圖翻完，行刺的事
情就發生，他當時十分驚恐。

《史記‧刺客列傳》載：荊軻把燕國的地圖獻給秦始
皇，圖內捲著匕首。秦始皇將要翻盡地圖時，匕首便露
了出來。荊軻左手扯住秦始皇衣袖，右手持匕首刺秦始
皇，未中。秦始皇繞柱而走，結果荊軻被秦始皇的左右
殺死。窮：盡。豪主：指秦始皇。怔（zhēng 征）營：
驚恐。

14 "惜哉"二句：歎惜荊軻劍術不精，以致奇功不成。

疎：生疏，不精。奇功：指刺殺秦王之事。

15 "其人"二句：荊軻雖然死了，但千年以後，他的事迹
仍然使人激動。

兩句是詩人慨歎之語。

以上四句寫作者追懷英雄，惋惜英雄奇功未成，隱示憤
恨強暴的題旨。

讀山海經 （十三首選二）

《山海經》是一部記述古代神話傳說和海內外眾山百川草木禽獸異物的書。全書共十八卷，後漢劉歆校定，晉代郭璞作注和圖贊。

《讀山海經》詩共有十三首，是作者讀《山海經》、《穆天子傳》等書後所詠，其中多借古詠今。第一首是總冒，末首是總結，其他各篇都是分詠書中所記的奇異事物，借神仙荒怪之論，以發其悲憤不平之慨。前人認為"頗類屈子《天問》"。

一

本首為第一首，是全組詩的總序，寫隱居多閒，耕種之餘泛覽圖書的樂趣。

孟夏草木長，繞屋樹扶疏 [1]。
眾鳥欣有託，吾亦愛吾廬 [2]。
既耕亦已種，時還讀我書 [3]。
窮巷隔深轍，頗迴故人車 [4]。

歡言酌春酒，摘我園中蔬[5]。

微雨從東來，好風與之俱[6]。

汎覽周王傳，流觀山海圖[7]。

俯仰終宇宙，不樂復何如[8]。

注釋

1　"孟夏"二句：初夏四月，草木茂盛生長，繞著房屋四
　　周的樹木枝葉四佈。

　　孟夏：初夏，農曆四月。**扶疏**：枝葉茂盛四佈貌。

2　"眾鳥"二句：眾鳥欣喜各有依託，我也愛我自己的
　　廬舍。

3　"既耕"二句：耕種的農事做完了，利用空餘的時間讀
　　我的書。

4　"窮巷"二句：因為居住在鄉野的陋巷裏，大車進不
　　來，因此常使舊友迴車離去。

　　窮巷：陋巷。**隔**：隔絕。**深轍**：指顯貴者所乘的大車。
　　迴：回轉。兩句意謂所居幽僻，很少和世人來往。

5　"歡言"二句：高高興興地酌酒自飲，採摘園中的蔬菜
　　作酒菜。

　　歡言：歡然。**春酒**：冬天釀酒，經春始成，故稱春酒。

6　"微雨"二句：細雨從東方而來，好風與它在一起。

　　好風：風雨俱來，清滌夏熱煩氣，所以說是好風。**俱**：
　　同來。

164

7　　"汎覽"二句：瀏覽《周王傳》，游目《山海圖》。

　　　汎覽、流觀：都是"不求甚解"地瀏覽的意思。周王

　　　傳：《穆天子傳》。記周穆王駕八駿西征的故事。山海

　　　圖：《山海經圖》。

8　　"俯仰"二句：瀏覽這些圖書，在頃刻之間便可以見盡

　　　宇宙之事，怎麼能感到不快樂呢？

　　　俯仰：俯首、仰首，喻時間之快速。意謂頃刻之間。

　　　終：終見，窮竟。

二

　　本首原列第十，是歌頌精衛和刑天至死不屈的鬥

爭精神，慨歎時光消逝和良辰不再來，寄託詩人慷慨

不平的心情。

> 精衛銜微木，將以填滄海[1]。
> 刑天舞干戚，猛志固常在[2]。
> 同物既無慮，化去不復悔[3]。
> 徒設在昔心，良辰詎可待[4]！

注釋

1　　"精衛"二句：死後化鳥的精衛常銜著西山的細木，用

來填東海。

精衛：古代神話中的鳥名。《山海經‧北山經》：精衛本是炎帝的少女，名女娃，溺死於東海。死後化為鳥，常衛西山的木石以填東海。**微木**：細木。**滄海**：大海。這裏指東海。

2 **"刑天"二句**：斷了頭的刑天仍然揮舞著盾和斧，他的壯志始終還在。

刑天：古代傳說中的獸名。《山海經‧海外西經》：刑天與帝爭神，帝斷其首，乃以乳為目，以臍為口，操干戚而舞。**干**：盾。**戚**：大斧。

3 **"同物"二句**：因為同是生物，所以就沒有什麼憂慮，化成異物也不會感到悔恨。

同物既無慮：意謂女娃既然淹死化為鳥，就和其它的生物相同，即使再死也不過從鳥再化為另一種生物，所以沒有什麼憂慮。同物，同樣是有生命之物。**化去不復悔**：意謂刑天已被殺死，化為異物，但他對已往和天帝爭神事並不悔恨。化去，死去之後化為異物。

4 **"徒設"二句**：徒然胸懷昔日的雄心壯志，美好的時刻怎能等得到？

徒設：徒然，空有。**在昔心**：昔日的雄心壯志。**良辰**：指實現壯志的美好時候。**詎**：豈。

挽歌詩三首

　　挽歌是古代對死亡者哀悼之歌，也稱葬歌。相傳最初是拖引柩車的人所唱。當時習俗，人死後親戚朋友等唱挽歌，表示哀悼。《挽歌詩》三首及《自祭文》，都是詩人將逝前所作的自挽之詞，也是詩人的最後之作。此詩作於丁卯年（427）九月，詩人卒於當年十一月，終年六十三歲。

　　第一篇寫死而收殮，第二篇寫奠而出殯，第三篇寫送而葬之。筆勢橫恣，意極曠達，直言無隱，以淺語寫深意，耐人尋味。

一

　　有生必有死，早終非命促[1]。
　　昨暮同為人，今旦在鬼錄[2]。
　　魂氣散何之？枯形寄空木[3]。
　　嬌兒索父啼，良友撫我哭[4]。
　　得失不復知，是非安能覺[5]！

千秋萬歲後，誰知榮與辱[6]。

但恨在世時，飲酒不得足[7]。

注釋

1　"有生"二句：有生就一定會有死亡，早終並不能算是命短。

　　終：壽終，死亡。**非命促**：謂生死屬於自然，故命無所謂短長。

2　"昨暮"二句：昨晚同是人，今朝卻列入了死人的名籍。

　　昨暮：昨晚。**今旦**：今朝。**鬼錄**：死人的名籍。

3　"魂氣"二句：遊魂不知散到哪裏去了，只剩下枯槁的軀體放在棺槨裏。

　　散何之：散歸何處去。**枯形**：指枯槁的屍體。**空木**：指棺槨。

4　"嬌兒"二句：嬌兒啼哭著找父親，好友撫著我的屍體痛哭。

　　索：索求，求取。

5　"得失"二句：生前的得失從此不再知道，是非曲直也怎能知覺？

6　"千秋"二句：死去以後千年萬載，誰會知道榮譽與恥辱？

　　千秋：千年。**萬歲**：萬年。

7　"但恨"二句：只有一件恨事，那就是在活著的時候常常沒有足夠的酒喝。

二

在昔無酒飲，今但湛空觴[1]。

春醪生浮蟻，何時更能嘗[2]！

殽案盈我前，親朋哭我傍[3]。

欲語口無音，欲視眼無光[4]。

昔在高堂寢，今宿荒草鄉[5]。

一朝出門去，歸來良未央[6]。

注釋

1 "在昔"二句：在生時缺酒飲，現在徒然奠酒滿杯。
   在昔：過去。指在生之時。湛：盛，滿。觴：杯。兩句
   承前篇"飲酒不得足"而來。

2 "春醪"二句：杯裏的美酒泛著浮沫，什麼時候能夠再
   去嘗飲？
   春醪：美酒。浮蟻：指酒面上的浮沫。

3 "殽案"二句：裝滿肉食的祭盤擺在我面前，親戚朋友
   在我的身旁痛哭。殽（yáo 肴）：骨上帶肉的肉食。案：
   古時進食之具，猶今上食之盤。

4 "欲語"二句：我想說話，口裏卻沒有聲音；我要看看
   他們，眼裏卻沒有光。

5 "昔在"二句：昨天我的軀體在高堂上臥息，今天卻在
   長滿荒草的地方止宿。

高堂：高的廳堂。宿：棲宿。指安葬。荒草鄉：雜草叢
生的荒野。

6 "一朝"二句：一旦離家出門去，歸來的日子卻不知何時。
良：長久。未央：未盡，沒有盡期。央，盡。

三

荒草何茫茫，白楊亦蕭蕭[1]！
嚴霜九月中，送我出遠郊[2]。
四面無人居，高墳正嶣嶢[3]。
馬為仰天鳴，風為自蕭條[4]。
幽室一已閉，千年不復朝[5]。
千年不復朝，賢達無奈何[6]！
向來相送人，各自還其家[7]。
親戚或餘悲，他人亦已歌[8]。
死去何所道，託體同山阿[9]。

注釋

1 "荒草"二句：荒郊的野草茫茫一片，寒風吹得白楊蕭
蕭作響。
茫茫：廣漠貌。蕭蕭：風吹聲。兩句寫未葬之前，荒郊

的淒涼之景。

2　**"嚴霜"** 二句：在深秋九月的霜天中，送我的屍體往
　　遠郊。

　　嚴霜：指嚴寒的秋霜。詩人卒於十一月，這裏的 "嚴霜
　　九月" 當是預言。**我**：代亡者。**遠郊**：百里為遠郊。兩
　　句用嚴霜悽慘的天氣去襯托悲悽的送殯氣氛。

3　**"四面"** 二句：郊野周圍無人居住，到處聳立著高高的
　　墳堆。

　　嶕嶢（jiāo yáo 焦搖）：高聳貌。

4　**"馬為"** 二句：馬立著踟躕不前，仰天悲鳴，寒風為我
　　哀吟。

　　馬：古人殉葬多用平時所乘之馬，馬有知覺，故仰天悲
　　鳴，若有思念主人之意。

5　**"幽室"** 二句：墓穴一封閉，千年萬載人都不會再復生。
　　幽室：指墓穴。**不復朝**：再不見朝日。兩句意謂人死後
　　不會再復生。

6　**"千年"** 二句：千年萬載不會再復生，賢人達士全都無
　　可奈何。

　　賢達：賢人達士。

7　**"向來"** 二句：先時來送葬的人，各自歸了家。

8　**"親戚"** 二句：親戚中或者還有人心頭尚有餘悲，其他
　　的人卻已歡笑歌唱。

　　兩句謂死者已矣，事過而情遷。

9　**"死去"** 二句：對於死者又有什麼可說的，只不過是寄
　　身於山陵而已。

　　山阿：山陵。

桃花源詩 并記

　　這是詩人晚年之作。它描繪了一幅人人勞動、人人平等，自由自在、淳樸安樂的社會生活圖景。

　　東晉王朝由建立直至滅亡，統治者內部不斷爭權奪利，互相傾軋，戰亂不止，朝政混亂不堪，廣大人民家破人亡。詩和記所寫的桃花源，並非真有其事，"乃寓意於劉裕，託之秦"，"借往事以抒新恨"，發抒對當時社會現實的不滿，反映廣大人民追求美好生活的願望。

　　詩和記設想新奇，如在污濁世界中另闢一新天地，使人神遊於美好的理想異境。詩和記所寫的重點和表現手法各有不同，詩直接地表達作者對淳樸的理想社會的嚮往，有描述也有議論和抒情；而記則完全是用客觀的記敘方法，虛構了一些情節，塑造一個幽美的世外桃源，並通過這個故事，表示作者對現實的批判和所憧憬的社會生活。在結構上，記先寫桃花源之境，後點避亂世的題旨；而詩卻倒轉，先敘避亂之迹，後寫桃花源之境，謀篇佈局各有所宜。語言簡潔精練，筆觸細膩，把桃花源描繪得親切逼真，宛然如畫，使讀者恍如身臨其境。對後代影響甚大，"淵明文章風節，夐絕一時。自其記若詩，傳誦後禩，遂使桃花源名勝千古。"（明羅其鼎《淵明祠序》）"其後作者相繼，如王摩詰、韓退之、劉禹錫、本朝王介甫，皆有歌詩，爭出新意，各相雄長。"（宋陳巖肖《庚溪詩話》卷下）

晉太元中[1]，武陵人捕魚為業[2]。緣溪行[3]，忘路之遠近。忽逢桃花林，夾岸數百步，中無雜樹[4]，芳草鮮美，落英繽紛[5]。漁人甚異之[6]。復前行，欲窮其林。林盡水源[7]，便得一山。山有小口，髣髴若有光，便捨船從口入[8]。初極狹，纔通人[9]。復行數十步，豁然開朗[10]。土地平曠，屋舍儼然[11]，有良田美池桑竹之屬[12]。阡陌交通，雞犬相聞[13]。其中往來種作，男女衣著，悉如外人[14]；黃髮垂髫，並怡然自樂[15]。見漁人，乃大驚，問所從來[16]，具答之[17]。

便要還家[18]，設酒殺雞作食。村中聞有此人[19]，咸來問訊[20]。自云先世避秦時亂，率妻子邑人來此絕境[21]，不復出焉，遂與外人間隔[22]。問今是何世[23]，乃不知有漢，無論魏、晉[24]。此人一一為具言所聞，皆歎惋[25]。餘人各復延至其家[26]，皆出酒食。停數日，辭去。此中人語云："不足為外人道也[27]。"既出，得其船，便扶向路[28]，處處誌

之²⁹。及郡下³⁰，詣太守說如此³¹。太守即遣人隨
其往，尋向所誌，遂迷，不復得路³²。南陽劉子
驥，高尚士也³³，聞之，欣然規往³⁴。未果³⁵，尋
病終³⁶。後遂無問津者³⁷。

嬴氏亂天紀，賢者避其世³⁸。
黃綺之商山，伊人亦云逝³⁹。
往迹浸復湮，來逕遂蕪廢⁴⁰。
相命肆農耕，日入從所憩⁴¹。
桑竹垂餘蔭，菽稷隨時藝⁴²。
春蠶收長絲，秋熟靡王稅⁴³。
荒路曖交通，雞犬互鳴吠⁴⁴。
俎豆猶古法，衣裳無新製⁴⁵。
童孺縱行歌，斑白歡游詣⁴⁶。
草榮識節和，木衰知風厲⁴⁷。
雖無紀歷志，四時自成歲⁴⁸。
怡然有餘樂，于何勞智慧⁴⁹！
奇蹤隱五百，一朝敞神界⁵⁰。
淳薄既異源，旋復還幽蔽⁵¹。
借問游方士，焉測塵囂外⁵²！
願言躡輕風，高舉尋吾契⁵³。

注釋

1   **晉太元中**：晉朝太元年間。太元，晉孝武帝（司馬曜）的年號（373-396）。

2   **武陵**：郡名，郡治在今湖南常德縣西。

3   **緣溪行**：沿著溪水行。

4   **"中無"句**：桃花林中全是桃樹，沒有其他樹木。

5   **"落英"句**：落花紛繁。

    落英：落花。**繽紛**：盛多、紛繁貌。

6   **"漁人"句**：漁人對這種景象感到十分驚奇。

    異：驚異，驚奇。

7   **"林盡"句**：桃花林的盡處，即溪水的源頭。

8   **"髣髴"二句**：漁人看到山洞小口彷彿有光，便離船登陸，從洞口進去。

    髣髴：同"彷彿"。**捨**：這裏是離開的意思。

9   **"初極狹"二句**：洞內起初極狹小，僅夠一個人通過。

    纔：同"才"，僅只。

10 **"豁然"句**：洞內開闊明朗。

    豁然：開通貌。

11 **儼然**：整齊分明的意思。

12 **之屬**：之類。

13 **"阡陌"二句**：田間有小道交通，村落間可以相互聽見雞鳴狗吠之聲。

    阡陌：田間小道。南北曰阡，東西曰陌。

14 **"其中"三句**：這裏人們往來耕作的情形，男女的衣著，都同桃花源外的人一樣。

    悉：都，全。

15 "**黃髮**" 二句：老人小孩，大家都和順自樂。

　　黃髮：指老人。老年人髮色轉黃，故以黃髮稱老人。**垂 髫**（tiáo 條）：指兒童。髫，小兒的垂髮。

16 "**見漁人**" 三句：桃花源裏的人見到漁人，大為驚奇，問漁人從哪裏來。

17 **具答之**：漁人一一答覆。具，全，都。

18 "**便要**" 句：便邀請漁人到家裏作客。

　　要（yāo 邀）：邀請。

19 "**村中**" 句：村裏人聞說來了漁人。

　　此人：指漁人。

20 "**咸來**" 句：都來探問外界的消息。

　　咸：皆，都。**訊**：消息。

21 "**自云**" 二句：桃花源裏的人，自稱是先世為了避開秦政暴虐所造成的禍亂，於是帶著妻子兒女和村人來到這與人世隔絕的地方。

　　避秦時亂：避開秦政暴虐所造成的禍亂。**絕境**：與外世隔絕的境地。

22 **間隔**：隔開，不相往來。

23 "**問今**" 句：桃花源裏的人問現在是何朝代？

24 "**乃不知**" 二句：他們竟不知有漢朝，別說魏、晉這些朝代了。

　　乃：竟。**無論**：別說。

25 "**此人**" 二句：漁人一件一件地講述了所知道的外界情況，他們都高興地驚歎。

　　具言：陳述。**所聞**：指漁人所知道的外界情況。**歎**：情有所悦，謂高興地。**愅**：驚歎。

26　“**餘人**”句：其他人各自邀請漁人到家裏。

　　延：邀請。

27　“**此中**”二句：桃花源中的人説：“這裏的情況不必對外
　　人去講。”

　　兩句表明桃花源裏的人不願同世俗接觸，為下文“遂
　　迷，不復得路”伏筆。

28　“**便扶**”句：依照舊路回去。

　　扶：依，沿著。**向路**：舊路。指來時的路。

29　“**處處**”句：在路上處處作標記。

　　誌：作標記。

30　“**及郡下**”句：漁人回到郡下。

　　郡下：指武陵郡。

31　“**詣太守**”句：往見太守訴説經過。

　　詣：往。

32　“**太守**”四句：太守即派人隨漁人再去，尋找過去在路
　　上所作的標記，竟迷途，不能再找到路。

　　向：過去。**遂**：竟。

33　“**南陽**”二句：南陽有一位劉子驥，是高尚之士。

　　南陽：今河南省南陽市。**劉子驥**：劉驎之，字子驥，南
　　陽人。好遊山澤，志存遁逸。參見《晉書‧隱逸傳》。
　　相傳劉子驥採藥衡山，深入忘返，見一澗水南有二石
　　困，其一閉一開，開者水深廣不可過。或説其間皆仙靈
　　方藥諸雜物。既還失道，從伐木人問徑，始能歸。後欲
　　更往，終不復得。大類桃源事，但不見其人爾。參見宋

鄭景望《蒙齋筆談》。詩人在此借助當時的真實人物劉子驥，以及一些民間傳說，是為了增強故事的真實感，更好地去塑造世外桃源這個境界。

34　**"欣然"**句：高興地計劃要去桃花源。

　　欣然：高興貌。**規**：計劃。

35　**未果**：沒有實現。

36　**"尋病終"**句：不久便病死。

　　尋：不久。

37　**"後遂"**句：以後便沒有人去訪求桃花源了。

　　遂：就，便。**問津**：詢問津渡。引申為尋問，訪求。

38　**"贏氏"**二句：秦始皇的暴虐，擾亂了天下的正常秩序，賢者避開禍亂的世界。

　　贏（yíng 形）**氏**：指秦始皇贏政。**天紀**：指社會的正常秩序。

39　**"黃綺"**二句：在黃、綺等四賢到商山避秦的時候，桃花源中的人也離開了秦政統治的社會。

　　黃綺：秦時的夏黃公、綺里季，與東園公、用里先生四人，避秦亂隱於商山，合稱"商山四皓"。**商山**：在今陝西省商縣西南。**伊人**：指桃花源中人。**云**：虛詞，無義。

40　**"往迹"**二句：這些人的蹤迹逐漸湮沒，來桃花源的路徑也荒廢了。

　　往迹：指為避秦亂初來桃花源的蹤迹。**浸**：逐漸。**復湮**：湮沒，消滅。**來逕**：指來桃花源時的路徑。

41　**"相命"**二句：大家互相致力耕種，太陽落山便回家休息。

相命：互相勉勵。**肆**：致力。**憩**：休息。兩句謂人人勞動。

42 "**桑竹**"二句：桑竹茂盛成蔭，五穀隨著時令種植。

餘蔭：茂盛成蔭。**菽**：豆的總稱。**稷**：高粱。**隨時**：隨著時令。**藝**：種植。

43 "**春蠶**"二句：春天養蠶便收得繭絲，秋天莊稼成熟收穫，不用交王稅。

靡：無。

44 "**荒路**"二句：荒路被草木掩蔽，阻礙與外界的交往，只有村裏的雞狗互相鳴吠。

曖：蔽。兩句意謂桃花源與外界隔絕。

45 "**俎豆**"二句：祭祀尚用古代的儀式，衣裳沒有新製的式樣。

俎（zǔ左）豆：古時祭祀盛物的祭器。這裏借代祭祀的儀式。**古法**：先秦時的法度、古風。兩句意謂保持先秦淳樸的古風。

46 "**童孺**"二句：兒童天真活潑地歌唱，老人高高興興地到處遊玩。

童孺：兒童。**斑白**：髮色黑白相雜的老人。**游詣**：遊玩。詣，往。兩句意謂自由自在，悠然安樂。

47 "**草榮**"二句：從草盛知是和暖的春天來了，看到樹木的凋謝知是到了風緊的冬天。

節和：節氣暖和。指春天。**風厲**：風緊急淒厲。指冬天。

48 **"雖無"二句**：雖然沒有歲時的記載，但四季自成一年。

　　紀歷志：歲時的記載。**四時**：春、夏、秋、冬四季。

　　歲：年。

49 **"怡然"二句**：生活過得很快樂，哪裏用得到什麼智慧！

　　怡然：喜樂貌。**于何**：哪裏，什麼地方。**勞**：費用。

50 **"奇蹤"二句**：桃花源中人的奇異蹤迹，隱蔽了五百年，如今卻一旦顯露出這個仙境。

　　奇蹤：奇異的蹤迹。**隱五百**：隱蔽了五百年。從秦到晉，大約是六百年。這裏說五百年，是大概而言。**敞**：顯露，敞開。**神界**：仙境。

51 **"淳薄"二句**：桃花源中的淳樸風氣與澆薄的世俗既然不同，所以這仙境一現之後，便立即重新深深地隱蔽起來。

　　淳：淳樸。**薄**：澆薄。**幽蔽**：深深地隱蔽。

52 **"借問"二句**：試問世俗之士，怎能測知世外桃源的事情。

　　游方士：雲遊四方的人。**焉測**：怎能測度、測知。**塵囂外**：指塵世外的桃花源。

53 **"願言"二句**：我要乘著清風，高飛去找尋與我志意相合的人和境地。

　　言：語助詞，無義。**躡輕風**：猶言乘輕風。躡，踏著。**高舉**：高飛。**吾契**：與我志意相合的人。契，投合。

賦辭

歸去來兮辭 并序

　　這是一篇抒情小賦。是作者辭去彭澤令後初歸家時（公元405年，時年四十一歲）所作。按《晉書·陶潛傳》：潛為彭澤令時，素簡貴，不私事上官。郡遣督郵至，縣吏白應束帶見之。潛歎曰：「吾不能為五斗米折腰，拳拳事鄉里小人！」即日解印綬去。賦歸去來，以遂其志。

　　本篇表現他對仕宦生活的鄙棄，對重獲自由的喜悅，對農村景物和對勞動的熱愛。志士苦節，寧肯乞食於路人，不肯為五斗米折腰於俗吏，竟成千秋佳話。

　　這篇辭賦「素懷灑落，逸氣流行，字字寰宇，字字塵外。」（毛慶蕃評選《古文學餘》卷二十六）寫得自然真率，沛然如肺腑中流出，情真、意真、事真、景真，意境高遠清新；頓挫抑揚，自協聲律，為詩人的代表作，被譽為「南北文章之絕唱」（宋洪邁《容齋隨筆》卷三《和歸去來》），「晉、宋而下，欲追躡之不能。」（宋陳知柔《休齋詩話》）

　　歸去來：回家去的意思。來，語助詞，無義。一說：「於官曰歸去，於家曰歸來，故曰歸去來。」（毛慶蕃評選《古文學餘》）

余家貧，耕植不足以自給[1]；幼稚盈室，缾無儲粟，生生所資，未見其術[2]。親故多勸余為長吏，脫然有懷，求之靡途[3]；會有四方之事，諸侯以惠愛為德，家叔以余貧苦，遂見用於小邑[4]。於時風波未靜，心憚遠役[5]，彭澤去家百里，公田之利，足以為酒，故便求之[6]。及少日，眷然有歸與之情[7]。何則？質性自然，非矯厲所得[8]；飢凍雖切，違己交病[9]。嘗從人事，皆口腹自役[10]；於是悵然慷慨，深媿平生之志[11]。猶望一稔，當斂裳宵逝[12]。尋程氏妹喪於武昌，情在駿奔，自免去職[13]。仲秋至冬，在官八十餘日[14]。因事順心，命篇曰《歸去來兮》[15]；乙巳歲十一月也[16]。

歸去來兮，田園將蕪胡不歸[17]！既自以心為形役，奚惆悵而獨悲[18]？悟已往之不諫，知來者之可追[19]。實迷途其未遠，覺今是而昨非[20]。舟遙遙以輕颺，風飄飄而吹衣[21]。問征夫以前路，恨晨光之熹微[22]。

乃瞻衡宇，載欣載奔[23]。僮僕歡迎，稚子候門[24]。三逕就荒，松菊猶存[25]。攜幼入室，有酒盈樽[26]。引壺觴以自酌，眄庭柯以怡顏[27]。倚南窗以寄傲，審容膝之易安[28]。園日涉以成趣，門雖設而常關[29]。策扶老以流憩，時矯首而遐觀[30]。雲無心以出岫，鳥倦飛而知還[31]。景翳翳以將入，撫孤松而盤桓[32]。歸去來兮，請息交以絕游[33]。世與我而相違，復駕言兮焉求[34]！悅親戚之情話，樂琴書以消憂[35]。農人告余以春及，將有事於西疇[36]。或命巾車，或棹孤舟[37]。既窈窕以尋壑，亦崎嶇而經邱[38]。木欣欣以向榮，泉涓涓而始流[39]。善萬物之得時，感吾生之行休[40]。

已矣乎，寓形宇內復幾時[41]，曷不委心任去留。胡為乎遑遑欲何之[42]？富貴非吾願，帝鄉不可期[43]。懷良辰以孤往，或植杖而耘耔[44]。登東皋以舒嘯，臨清流而賦詩[45]。聊乘化以歸盡，樂夫天命復奚疑[46]！

注釋

1　"余家"二句：我家裏貧窮，從事農桑耕作不能自給。
　　耕植：指農桑耕作之事。
2　"幼稚"四句：一家幼小，缾中卻沒有餘糧，沒有本領求得維持生活所需的一切。
　　缾：同"瓶"。即瓦甕。這裏指盛米的陶器。**生生**：維持生活。前一個"生"字為動詞，維持的意思；後一個"生"字為名詞，即生活。**資**：（生活的）所需。**術**：本領，辦法。

3　　**"親故"三句**：親友多勸我出去做個小官，聽了之後心中也有這個想法，但謀求官職卻沒有門路。

　　長吏：縣府中的一種官。這裏意指小官。**脫然**：猶豁然。**懷**：念頭，想法。**靡途**：沒有門路。靡，無。

4　　**"會有"四句**：江州刺史有恩德，叔父見我貧苦而引薦給他，恰好當時有出使京都的事，於是被任用為彭澤令。

　　會有：恰好。**四方之事**：語本《論語·子路》："使於四方"。即奉使出外。此指為建威參軍出使京都（建康）事。晉安帝元興三年甲辰（404），劉敬宣遷建威將軍江州刺史，鎮守潯陽。陶淵明便作了劉幕下的參軍。次年春天，劉上表請解職，陶淵明便去京都為劉奉表。劉去職後，陶淵明也罷歸。這裏可能是指此事。當年八月，乃起為彭澤令。**諸侯**：指江州刺史劉敬宣。**惠愛為德**：有恩德。**家叔**：當指陶淵明的叔父夔，曾為太守。**見用於小邑**：指被任用為彭澤令。

5　　**"於時"二句**：當時戰爭的風波未平息，心裏怕出差到遠方去。

　　風波：指當時軍閥之間的戰爭。**憚**：懼怕。**遠役**：遠離家鄉作官。

6　　**"彭澤"四句**：彭澤離家不遠，公田的收入，足夠飲酒，所以才去謀求這個職務。

彭澤：縣名，在今江西省湖口縣東，距離陶淵明家居柴桑（今江西省九江西南）不遠。**公田**：供俸祿的田。**利**：收益。兩句追述求彭澤令的原因。

7 **「及少」二句**：不久，就思念田園，有辭官歸去的念頭。**少日**：不多幾天。**眷然**：心嚮往貌，思戀貌。

8 **「何則」三句**：為什麼？因為本性自然，做官這種事，不是造作、勉強可以辦得到的。**何則**：為什麼。**矯厲**：造作，勉強。

9 **「飢凍」二句**：飢凍雖關緊要，但違背自己的心意也非常痛苦。**違己**：違背自己的意志。**交病**：交相為病。指身心痛苦。

10 **「嘗從」二句**：自己雖然也曾從仕，但那是為了圖口腹之飽足而勞役自己。**人事**：指仕宦生活中的人事交往。**口腹自役**：為了滿足口腹的需要而勞役自己。

11 **「於是」二句**：因此感到惆悵而情緒激動，想起平生歸隱的意願，深感羞愧。**悵然**：惆悵貌。**媿**：同「愧」。**志**：指歸隱的意願。

12 **猶望」二句**：本來自己還希望公田收穫以後，再收拾衣物連夜走掉。**一稔**：公田收穫一次，指一年。**斂裳**：收拾衣物行裝。

13 **尋程氏」三句**：不久程氏妹在武昌亡故，心裏急著立刻奔赴，於是便自動辭職。**尋**：不久。**程氏妹**：嫁給程家的妹妹。**駿奔**：急赴之意。按史説陶淵明的辭官是不肯折腰督郵，這裏又説因妹喪自動辭官。其實這都是託詞。當時是晉祚將移的時候，世道人心，皆不可問，詩人覺得自己徒勞無益，早有歸隱的本意，所以有託而逃。

14　"仲秋"二句：從陰曆八月至冬天，一共做了八十多天的官。

15　"因事"二句：於是順隨心意，執筆寫了這篇《歸去來兮》。

16　"乙巳"句：這是在晉安帝義熙元年十月。

　　乙巳歲：晉義熙元年（405）。這一句是作者自注本文的寫作時間。

17　"歸去"二句：回家去吧，田園將要荒蕪了，為何還不回家去！

　　蕪：荒蕪，長滿亂草。胡：何，為什麼。兩句寫歸去的原因。

18　"既自"二句：既然自己認為出來做官，是使心志為形體所役使，現在歸去為何要徘徊憂愁、獨自悲傷呢？

　　心為形役：指內心不想做官，但為飢寒所迫，不得不違背意志出來做官。形，指身體。奚：何，為什麼。惆悵：感傷，悲愁。

19　"悟已"二句：覺悟到過去做錯了的已不可挽救，但知道將來的事還來得及彌補。

　　諫：正。指過去的錯誤不可糾正。追：來得及彌補。此處造句本《論語·微子》：接輿勸孔子不要做官，説："往者不可諫，來者猶可追。"

20 **"實迷"二句：**走入迷途實在還不遠，認識到今天做得正確而以往做的是錯的。

　　迷途：指出去做官。**今：**指現在歸隱。以上六句是寫是非已明，昨非今是，這是歸去的根本原因。

21 **"舟遙"二句：**船搖搖擺擺地在水面上輕快行駛，晨風吹拂衣裳。

　　颺（yáng 羊）：輕快的樣子。形容船輕快地行駛。兩句寫歸途中水行的情景。表達了辭官後如釋重負、輕鬆偷快的心情。

22 **"問征"二句：**向行人問前面的路程，只恨天亮得太慢。

　　"征夫"：行人。**熹（xī 希）微：**指晨光微弱，還早得很。熹，同"熙"，光明。起程得太早，反恨天亮得慢，形容歸家心切。兩句寫歸途中陸行的情景。

　　以上為第一段，寫辭官歸家時的愉快的心情。

23 **"乃瞻"二句：**望見了自己家的屋子，高興得奔跑起來。

　　瞻：望見。**衡宇：**隱者居住的以橫木為門的簡陋屋宇。這裏指舊宅。衡，橫。橫木為門。**載：**且。

24 **"僮僕"二句：**僮僕跑出來歡迎，孩子在門口等候。

25 **"三逕"二句：**院子裏長滿荒草，松樹和菊花還依然存在。

　　三逕：漢蔣詡隱居時，在屋前竹下開三徑，只與逃名不出之士求仲、羊仲兩人來往，後人便以三徑作為隱士居所之稱。逕，同"徑"。

26 **"攜幼"二句：**牽拉著孩子入屋，廳裏放著滿樽的酒。

　　盈：滿。**罇：**同"樽"。

27　“引壺”二句：拿起酒壺捧起酒杯獨自飲酒，看看庭院中的樹木，心情愉快，喜形於色。

觴：這裏指酒杯。眄（miǎn 免）：閒視。怡顏：臉上現出愉快的神色。

28　“倚南”二句：倚著南窗休息，寄託自己傲然的心情，住在簡陋的小屋，令人覺得安樂。

寄傲：寄託傲然自得的心情。審：明知。容膝：僅能容納雙膝的小屋。形容住處的狹小。

以上十二句，寫歸家第一日之事。以下二十四句，寫歸家一年中之事。

29　“園日”二句：每日到園子裏走走很有趣味，院子雖然有門卻是經常關著。

涉：走到。常關：意思是說很少同外人來往。

30　“策扶”二句：拄著拐杖出去或遊覽或休息，常常抬起頭來遠望。

策：拄。扶老：上端刻有鳩形的扶杖，老人多用之，也稱為鳩杖。參見《風俗篇》。流：周遊。憩：休息。矯首：舉頭。遐觀：遠望。

31　“雲無”二句：雲氣不經意地冒出山峰，鳥兒飛倦了也懂得回來。

無心：無意地。岫（xiù 就）：山峰。兩句暗喻自己去官歸田之事，說明“今是而昨非”。

32　“景翳”二句：日將西下，陽光暗淡，我還手撫孤松在那裏徘徊。

景：日光。翳翳：昏暗貌。孤松：這裏是詩人自比。盤桓：徘徊。

33 **"歸去"** 二句：回去吧，請讓我從此謝絕世俗的交遊。

歸去來兮：詩人歸來未久，所以再用此句一喚。**息交**：不使人來尋我。**絕游**：我亦不去尋人。

34 **"世與"** 二句：世俗既然同我不合，我還要出去交遊追求什麼？

駕言：駕車。意謂駕著車子出去交遊。言，語助詞，無義。**焉求**：何所求，追求什麼。

35 **"悅親"** 二句：喜歡同親戚談談知心話，用彈琴讀書的樂趣來消愁。

36 **"農人"** 二句：農人告訴我春天來臨，將要到西邊的田地去耕種。

疇：田地，田畝。

37 **"或命"** 二句：有時坐著小車，有時划著小船。

巾車：有布篷的車子。**棹**（zhào 罩）：原意指船槳，這裏作動詞用，即"划"的意思。

38 **"既窈"** 二句：有時沿著彎曲的小路走入深深的山溝，有時又走過高低不平的山丘。

窈窕：形容山路的幽深曲折。**壑**：山溝。**崎嶇**：山路高低不平。

39 **"木欣"** 二句：樹木欣欣向榮地生長，泉水開始細細地流著。

涓涓：泉水細流不絕貌。

40 **"善萬"** 二句：羨慕自然界裏的一切生物及時生長繁榮，感歎我的一生將要過去。

善：喜，羨慕。**行休**：將要休止。指死亡。兩句對比萬物生長繁榮，感慨自己已年老，不能有所作為。

以上為第二段，寫歸家後隱居生活的樂趣。

41　**“已矣”二句**：算了吧！把肉體寄託在宇宙之內還能有多少時間？

　　已矣乎：猶言算了吧。**寓形宇內**：寄身在宇宙之內。猶言“活在世上”。

42　**“曷不”二句**：為何不隨心所欲地決定自己的行止？還遑遑終日，想要追求什麼呢？

　　曷不：何不。**委心**：隨心。**去留**：行止。**遑遑**：心神不定的樣子。

43　**“富貴”二句**：富貴不是我的願望，仙境也非我的所求。

　　帝鄉：此指仙鄉，仙境。語本《莊子·天地》。

44　**“懷良”二句**：趁著美好的時光去獨遊，或是拄杖在田裏除草培苗。

　　耘：除草。**耔**（zǐ 只）：以土培苗。

45　**“登東”二句**：登上東邊的高地徐緩地高歌長嘯，站在清清的流水旁賦詩。

　　皋：近水的高地。這裏泛指田野高地。**舒嘯**：徐緩地高歌長嘯。

46　**“聊乘”二句**：姑且順著自然的變化，渡到生命的盡頭，樂天安命，還有什麼可疑慮呢？

　　聊：姑且。**乘**：順著。**化**：自然的變化。**盡**：生命的盡頭。**復奚疑**：再有什麼疑慮。

以上為第三段，寫人的生命有限，不必遑遑不安地去追求其他，應該順隨自然的變化和安排，去過樂天安命的生活。